Eurêka

Par numérix !

DUNOD

Dans la même collection

- Logicologique — Eurêka
- Géométriquement vôtre — Eurêka
- Faites vos jeux — Eurêka
- Oh, les maths ! — Y. Perelman
- Le livre qui rend fou ! — R. Smullyan
- Ça y est, je suis fou !! — R. Smullyan
- Quel est le titre de ce livre ? — R. Smullyan

ISBN 2 10 002839 1

AVANT-PROPOS

Les énigmes hebdomadaires de Valeurs Actuelles ont été regroupées par grands thèmes mathématiques. Ce fut d'abord la Géométrie classique (Géométriquement Vôtre), le Calcul des Probabilités (Faites Vos Jeux), puis la logique (Logicologique). C'est maintenant le tour de l'arithmétique au sens large du terme. Nous retrouvons ici des petites histoires naïves rangées par ordre alphabétique, et assorties de solutions très simples. Aucune connaissance mathématique particulière n'est nécessaire au-delà du principe même de la numération la plus ordinaire ou du développement d'expressions algébriques élémentaires. Le lecteur abordera ainsi, sans en prendre conscience et tout en s'amusant des problèmes arithmétiques très sérieux. Vous trouverez bien-sûr, de nombreux problèmes d'âges, toujours considérés comme des nombres entiers. Le rangement par ordre alphabétique mélange tous les sujets ainsi que les niveaux de difficulté.

Voilà, vous en savez assez. Il ne vous reste plus qu'à prendre un papier, un crayon et une gomme ; prenez surtout un peu de temps ; oubliez provisoirement vos terribles soucis d'aujourd'hui et ouvrez une page au hasard !

REMERCIEMENTS

À mon grand-père

Nous remercions ici la direction du journal Valeurs Actuelles, d'avoir permis la publication d'énigmes parues dans cet hebdomadaire.

Nous remercions également les lecteurs de ce journal qui nous ont suggéré certains des problèmes d'arithmétique ici présentés.

A

1 – ABDALLAH DANS LE DÉSERT

Mes 7 chameaux boivent 7 bonbonnes d'eau tous les 7 jours. Mes 5 dromadaires boivent 5 bonbonnes d'eau tous les 5 jours. En bref, qui boit le plus, un chameau ou un dromadaire ?

2 – ABRACADABRA

Je suis un nombre premier formé de plusieurs chiffres. Multipliez-moi par 5, ajoutez 49 et vous obtiendrez un carré parfait.
Qui suis-je ?

3 – ADDITIONS ET SOUSTRACTIONS

Vous connaîtrez le nom de l'arbre que je préfère en complétant le carré magique ci-dessous (somme de chaque ligne = somme de chaque colonne = somme de chacune des deux diagonales). Puis vous décoderez les lettres correspondantes et les arrangerez sans oublier de redoubler l'une d'elles...

18	24		6	
10	11	17	23	4
22		9	15	
14			2	8
	7	13		

4 – ADORABLES MARTIENS

Savez-vous combien les martiens ont de bras, de jambes et d'yeux ? C'est très simple. Considérez pour les 2 premiers nombres cherchés la somme puis le produit. Ajoutez-les : vous obtiendez 34. Faites-en autant pour les jambes et les yeux : vous obtiendrez 14. Vous en savez assez pour les dessiner. Ne sont-ils pas adorables ?

5 – ÂGE CLASSIQUE

« Mon fils, tu as 10 fois l'âge que tu avais quand j'avais l'âge que tu as. Quand tu auras mon âge, nous aurons ensemble 141 ans. Car quand tu es né, j'avais... » À vous de compléter, cher lecteur.

6 – L'ÂGE DU CAPITAINE

Notre vaisseau a 3 mâts, 15 canons, 27 m de long, 10 de large, et 11 de tirant d'eau. Nous sommes 99 marins à bord. Quant à l'âge du capitaine, c'est le reste de la division du nombre à 9 chiffres écrit en juxtaposant les 5 premiers nombres donnés, par le 6e nombre donné. Vous le trouverez donc instantanément...

7 – À LA CHASSE

Un groupe d'oiseaux volait en formation serrée selon le schéma classique, et formait un triangle isocèle complet :

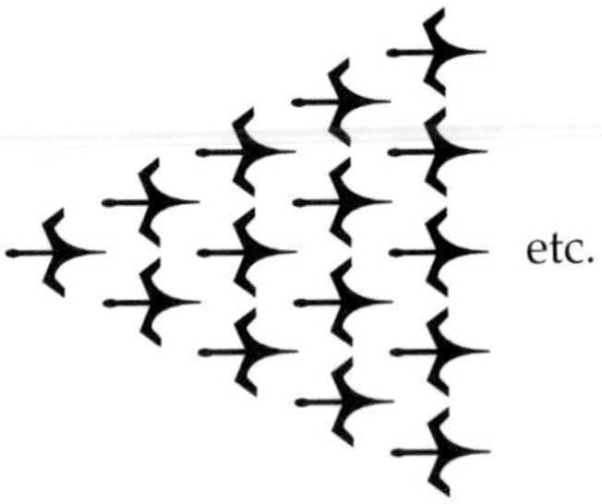

Ils passèrent au-dessus d'un groupe de chasseurs, qui en tuèrent 10.

Après un instant de panique, les survivants se regroupèrent en deux formations représentant chacune à nouveau un triangle isocèle complet. Ils pouvaient se partager ainsi de 2 façons différentes car leur formation initiale était tout juste assez nombreuse pour cela. Combien étaient-ils alors ?

8 – À LA MANIF

Rangeons-nous par dix, il en manquera un. Rangeons-nous par neuf, il en manquera un aussi. Par huit aussi. Par sept aussi. Par six aussi. Par cinq aussi. Par quatre aussi. Par trois aussi. Par deux, enfin, aussi. Et pourtant, nous sommes assurément moins de cinq mille. Combien sommes-nous donc ?

9 – À LA NAISSANCE DU 3ÈME

J'ai trois enfants dont les âges se suivent régulièrement. Le produit de leurs âges est égal à leur somme. Le produit des carrés de leurs âges est égal à l'âge de mon mari. Quel âge avait donc celui-ci lors de la naissance du 3ème ?

10 – À LA POSTE

J'achète 100 timbres pour 100 F : il y a des timbres à 5 F, d'autres à 1 F, d'autres enfin à 5 cts. Combien cela en fait-il de chaque sorte ?

11 – ALEXANDRINS POUR ŒUF

Un jour le cuisinier d'un puissant personnage
Afin de contenter 3 filles du village
Qui demandaient des œufs, leur dit en les voyant :
« Je vais donner tous ceux que j'ai présentement. »
Il donne la moitié d'abord à la première
Et la moitié d'un œuf par faveur singulière.
À la seconde, il offre aussi de meilleur cœur
La moitié de son reste avec même faveur
Et la moitié d'un œuf dont la fille s'empare.
Enfin, continuant son partage bizarre
Il donne à la troisième avec même amitié
De son troisième reste encore l'humble moitié
Plus la moitié d'un œuf : il eut donc l'avantage
De tout distribuer. Dans cet heureux partage
Qui paraît singulier, combien en avait-il ?
Et comment a-t-il eu l'esprit assez subtil
Pour donner des moitiés à chaque jeune fille
Sans en casser un seul ni s'échauffer la bile ?

(*d'après Chavignaud*)

12 – ALFRED

Alfred, sais-tu que j'ai quatre fois l'âge que tu avais quand j'avais l'âge que tu as ? Sais-tu aussi que, quand tu auras l'âge que j'ai, nous aurons à nous deux 114 ans ?

À vous, cher lecteur, de trouver l'âge d'Alfred...

13 – ANNE-CÉCILE ET AUGUSTIN-CHARLES

J'ai deux enfants : Anne-Cécile l'aînée et Augustin-Charles le second. Multipliez la somme de leurs âges par la différence de leurs carrés.

Enlevez alors le produit du produit de ces âges par leur différence. Vous obtiendrez ainsi 37 tout simplement.
Il vous sera facile, n'est-ce pas, de déduire de tout cela les âges respectifs d'Anne-Cécile et d'Augustin-Charles...

14 – L'ANNIVERSAIRE D'ONCLE PAUL

Chaque année, depuis son plus jeune âge, l'anniversaire d'oncle Paul a été célébré par un gros gâteau avec des bougies : des bleues pour indiquer le chiffre des dizaines, des blanches pour celui des unités. Or, tout à l'heure, après son déjeuner d'anniversaire, oncle Paul nous a avoué qu'il avait ainsi soufflé déjà 882 bougies dans sa vie.
Quel est donc l'âge d'oncle Paul ?

15 – APRÈS LE PREMIER TOUR

À Beaulieu-la-Varenne, il y a 247 électeurs pour 10 candidats. Tous ont voté au premier tour de l'élection présidentielle, et tout le monde sait pour qui. Après le vote, il y a réunion sur la place publique. Chacun serre alors chaleureusement la main de tous ceux qui ont voté comme lui et détourne dédaigneusement les yeux des autres.
Entre quelles limites peut varier le nombre de serrements de main sachant que chacun de nos 10 candidats a obtenu au moins une voix à Beaulieu-la-Varenne ?

16 – ARITHMÉTIQUE ANGLAISE

20 + 20 + 20 + 10 + 10 = 80.
En anglais, cela donne :

```
   T W E N T Y
 + T W E N T Y
 + T W E N T Y
 +       T E N
 +       T E N
 -------------
 = E I G H T Y
```

Quels sont les huit chiffres représentés par les huit lettres E, G, H, I, N, T W, Y, pour que cette addition soit exacte ?

17 – Arithmétique espagnole

4 + 4 + 4 + 4 + 4 = 20.

En espagnol, cela donne :

```
  C U A T R O
+ C U A T R O
+ C U A T R O
+ C U A T R O
+ C U A T R O
-------------
= V E I N T E
```

Comment les dix chiffres sont-ils représentés par les dix lettres A, C, E, I, N, O, R, T, U V, pour que cette addition soit exacte ?

18 – Arithmétique et devinette

En m'élevant au carré, vous obtiendrez un nombre formé avec un 9, un 6 et un 1. Si je diminuais d'une unité, je conserverais cette même propriété. En bref, qui suis-je ?

19 – Au CM1

Avant d'entrer dans la classe, l'institutrice place tous les enfants en deux rangées côte à côte, de telle façon que chacune contienne autant de garçons que de filles et que, lorsqu'ils entreront deux par deux, cela fasse aussi souvent une paire mixte qu'une paire du même sexe. Si l'on vous dit ensuite que le nombre d'enfants de chaque classe est compris entre 20 et 30, vous saurez certainement en déduire le nombre précis des élèves du CM1...

20 – Au garage

Onze voitures neuves sont rangées au fond d'un garage, pare-chocs avant contre le mur. M. Dupont demande à son vendeur laquelle lui est destinée. Ce dernier, qui n'avait pas l'esprit simple, lui répondit en ces termes :

« Si vous étiez à votre volant et que vous multipliez le nombre de voitures de votre droite par celui de votre gauche, vous trouveriez un nombre supérieur de 3 à celui que vous obtiendrez de même si votre voiture était 3 places plus à gauche. »

M. Dupont ne comprend rien à ce langage. Aidez-le...

21 – Augustin et moi

« Prenez l'âge de mon petit frère Augustin. Élevez-le au carré. Enlevez 49. Divisez le reste par 5. Vous obtenez ainsi mon âge, qui est, si cela vous intéresse, un nombre premier.
Car, quand Augustin est né, j'avais... »
À vous de compléter, cher lecteur, l'âge manquant.

22 – Au marché

Une fermière vend un lot de 10 poussins à raison d'un certain prix la pièce, un autre jour un lot de 5 poussins à raison de 0,50 F de moins par tête. Elle reçoit dans les deux cas un nombre entier de francs composé de deux chiffres. Trouver le prix de chaque poussin, sachant que le produit de la seconde vente est exprimé par les mêmes chiffres que le produit de la première mais placés en ordre inverse.

23 – Au restaurant

Pour fêter leur anniversaire de mariage, Monsieur Dupont invite sa femme à déjeuner dans un bon restaurant. En sortant, il constate qu'il ne lui reste que le cinquième de son argent et que cela fait ainsi autant de centimes qu'il avait initialement de francs, tandis qu'il a cinq fois moins de francs qu'il n'avait de centimes au départ. À combien s'élevait la note de restaurant ?

24 – Au salon de thé

Élizabeth, Olivia et Florence se retrouvent tous les samedis après-midi au salon de thé.
Il y a trois semaines, elles ont pris 2 millefeuilles et 3 chocolats au lait. Après quoi, la serveuse leur a demandé 55 francs et 50 centimes.
Il y a 15 jours, ce fut 3 millefeuilles, un chocolat au lait et un thé. Le total n'avait pas changé.
La semaine dernière, elles ont payé 51 francs pour 3 thés et 2 millefeuilles.
Aujourd'hui, elles viennent de commander 3 millefeuilles et 3 chocolats au lait. Combien Élizabeth, Olivia et Florence doivent-elles ?

25 – Au voleur, à l'assureur

C'est affreux : on vient de voler tous mes bijoux.
Ils valaient en tout 17 653 francs exactement. Je me pré-

cipite chez l'assureur, qui me propose un dédommagement immédiat qu'on peut calculer de la manière suivante (en francs) :
« Prenez la valeur volée. Élevez-la à la puissance 7. Puis enlevez une fois la valeur initiale. Divisez alors par 7. Prenez le reste de cette division, et multipliez-le enfin par 5 000. »
Me conseillez-vous, sage lecteur, d'accepter un tel remboursement ?

26 – L'AVARE

Harpagon recompte ses louis. Il voudrait en faire un certain nombre de piles de même hauteur. Mais qu'il les empile par 2, 3, 4, 5, 6 ou 7, il lui en manque toujours une pour finir la dernière pile. Combien a-t-il donc de pièces si l'on sait que son magot n'atteint pas 500 louis ?

27 – AVEC DES 1 ET DES 2

Écrivez côte à côte un nombre pair de fois le chiffre 1. Enlevez au nombre ainsi formé le nombre obtenu en écrivant côte à côte une série de 2, deux fois plus courte que la série précédente. Par cette soustraction, vous obtenez toujours un carré parfait (par exemple $1\,111 - 22 = 1\,089 = 33^2$). Sauriez-vous dire pourquoi ?

ÉNIGMES B

1 – LE BAPTÊME DE CLOVIS

Écrivez deux fois côte à côte la date du baptême de Clovis. Divisez le nombre à 6 chiffres ainsi obtenu par 7 et enlevez au quotient entier 7 fois le reste. Puis divisez le nombre ainsi obtenu par 11 et enlevez-lui 11 fois son reste. Divisez alors le nombre restant par 13 et enlevez lui 13 fois son reste. Qu'obtenez-vous ? La date du baptême de Clovis ! S'agit-il donc d'une date magique ?

2 – Basse-cour aéronautique

Le chien va aussi vite que le chat et la souris réunis ; le cheval aussi vite que la souris et le cochon ; le lapin aussi vite que le cochon et le chat. Quant au mouton, il court à 8 km/h. La fusée Ariane va aussi vite que le produit des vitesses (en km/h) chat-souris-mouton-cochon et la fusée Hermès aussi vite que le produit des vitesses chien-cheval-lapin.
Selon ces données, pouvons-nous affirmer que la fusée Hermès va plus vite que la fusée Ariane ou bien le contraire ?

3 – Bat-Biga-Hiru

Savez-vous compter en basque de 1 à 9 ?
C'est très simple. Voilà :
BAT, BIGA, HIRU, LAU, BOST, SEI, ZAZPI, ZORTZI et BEDERATZI.
Il ne vous reste plus qu'à placer chacun de ces 9 jolis mots sur le tableau suivant de façon que la somme de chaque ligne, de chaque colonne ou de chaque diagonale donne le même résultat : HAMABOST.

4 – La bataille de Marengo

Considérez le nombre de simples soldats français engagés dans la bataille de Marengo. Savez-vous qu'en ajoutant au chiffre des unités de ce nombre 4 fois la somme des autres chiffres, on obtient 6 fois le nombre de nos généraux participant à cette bataille. Cette information vous suffit-elle pour dire que nos simples soldats ont pu arriver par rangées de 3, de 4, de 6, de 7 ou de 12 ?

5 – Un bel anniversaire

Ma vie est merveilleuse. J'adore me mettre à table et je ne manque jamais un seul repas, ni le petit déjeuner, ni le déjeuner, ni le goûter, ni le dîner. Si bien que depuis le jour de mes 17 mois, j'ai eu le bonheur de prendre 100 000 repas ! Je vais fêter cela avec mon prochain anniversaire, celui de mes ... ans.
À vous de compléter, cher lecteur.

6 – Belle-maman, la cadette et le petit dernier

J'ai 37 ans. Ma femme en a 32. Mon aîné a 11 ans, ma cadette 7 et mon petit dernier... Si vous voulez le savoir, il suffit d'élever mon âge à la puissance « âge de ma belle-mère », de diviser le résultat obtenu par l'âge de l'aîné et de garder le reste. Si vous préférez, vous pouvez aussi élever l'âge de mon épouse à la puissance « âge de la bonne », diviser le résultat ainsi obtenu par l'âge de la cadette et observer le reste. Les deux méthodes vous donneront le même résultat. Trouvez donc l'âge de mon petit dernier.

7 – La belle Théodora Borgward

Je suis Théodora Borgward. Vous m'avez reconnue. Ne suis-je pas la plus belle, la plus riche et la plus célèbre actrice d'Hollywood ? Or, l'autre jour, j'ai rencontré un professeur de chirurgie esthétique qui m'a proposé une opération : « Donnez-moi 387 817 dollars seulement, me dit-il, et votre âge sera successivement diminué de 8, divisé par 5, élevé au carré, augmenté de 23, divisé par 12 et augmenté de 8. Vous retrouverez ainsi très exactement vos 20 ans. » J'hésite. Je me demande à vrai dire combien de dollars reviendrait chaque année de moins. Mais l'arithmétique n'est pas ma spécialité.
Qui aura l'honneur d'aider Théodora Borgward ?

8 – Un bon arrière-grand-père

« J'ai 91 ans, quatre enfants, onze petits-enfants et beaucoup d'arrière-petits-enfants. Si vous me demandez combien exactement, je vous répondrai seulement que le produit de leur nombre par celui de mes petits-enfants et par mon propre âge s'écrit par le nombre formé en écrivant côte à côte ce nombre inconnu, un zéro, et encore ce nombre inconnu. » Que pouvez-vous en déduire ?

9 – Bonne année 1989 !

Comment choisiriez-vous les signes + et – pour avoir :
$1 \pm 2 \pm 3 \pm 4$ etc... $\pm 99 \pm 100 \pm 101 = 1\,989$?

10 – Bonne année 1991 !

Élevez 3 à la puissance 1991. Vous obtenez ainsi un nombre absolument énorme dont je vous demande seulement de préciser le dernier chiffre.

ANNÉE 1994

ous les nombres impairs inférieurs à 1 994. iez-les entre eux et vous obtiendrez ainsi le nombre de bons vœux que je formule personnel- t pour vous. Et maintenant à vous de dire par chiffre finit ce grand nombre...

NSOIR MONSIEUR, BONSOIR MADAME

réception est terminée, tout le monde s'en va, par ouples. Cent-douze poignées de main sont ainsi échangées. Combien étions-nous ?

ÉNIGMES C

1 – Les caramels

Martine distribue 26 caramels entre ses quatre petits frères. Ils en mangent tous plusieurs, et, au bout d'une heure, elle constate qu'il en reste exactement le même nombre à chacun. Sachant que l'aîné en a mangé autant que le troisième, que le deuxième en a mangé la moitié de sa part initiale, et que le quatrième en a mangé autant que les trois autres réunis, comment Martine a-t-elle fait sa distribution ?

2 – Caroline, Paul, Florence et Béatrice

Si vous avez lu le titre de ce problème, vous connaissez les prénoms de mes 4 enfants. Je vous dirai aussi que l'âge moyen de mes 3 filles est de 11 ans tandis que l'âge moyen de mes 4 enfants est de 10 ans. Sachez également que Caroline et Paul sont jumeaux tandis que Florence a 4 ans de plus que Béatrice. Quelle est donc la plus grande différence d'âge que l'on puisse trouver entre deux de mes enfants ?

3 – Carré

Le carré d'un nombre entier peut-il se terminer par trois chiffres identiques différents de 0 ?

4 – CASSE-TÊTE

Martin dit un jour à Martine : « Je suis trois fois plus âgé que vous ne l'étiez lorsque j'avais l'âge que vous avez aujourd'hui. » Et Martine lui répondit : « Quand j'aurai l'âge que vous avez aujourd'hui, le total de nos âges sera de 77 ans. » Quel est l'âge de Martin ? Quel est l'âge de Martine ?

5 – CELUI DU MILIEU

J'ai eu 5 enfants, un tous les 3 ans. Si je vous dis que mon aîné a 7 fois l'âge du petit dernier, saurez-vous en déduire l'âge de celui du milieu.

6 – UN CHARABIA ARITHMÉTICO-RELIGIEUX

Prenez le nombre de Commandements de Dieu. Élevez ce nombre à la puissance 1981, enlevez-lui le nombre de vertus théologales, divisez le résultat par le nombre de péchés capitaux. Prenez le reste de cette division, et comparez-le au nombre des apôtres diminué du produit du nombre des évangélistes par celui des rois mages...

7 – CHARLES-EDOUARD

« Quand tu naquis, Charles-Edouard, j'avais douze ans. Aujourd'hui, j'ai deux fois l'âge que tu avais quand j'avais l'âge que tu as. C'est-à-dire... »

8 – CHÂTEAU DE CARTES

Savez-vous faire un château de cartes ? Pour arriver à un étage, c'est tout simple :

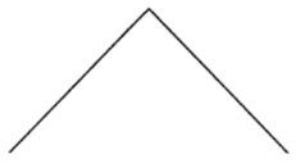

Pour deux étages, ce n'est pas très compliqué non plus :

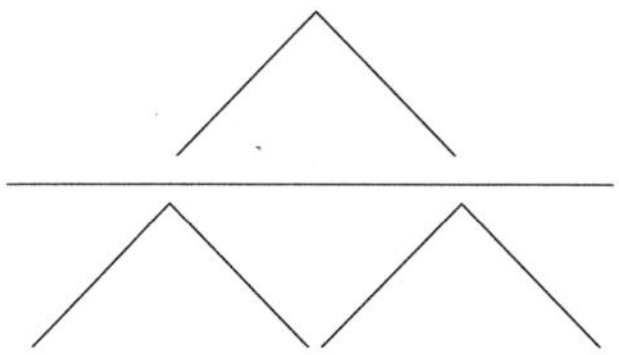

On continue de façon analogue.
Combien d'étages peut-on faire avec un jeu de 52 cartes ?

9 – Les chauves-souris, les ours et les éléphants chinois

Une observation attentive des phénomènes physiques a montré que 17 ours mangent autant que 170 Chinois, 100 000 chauves-souris autant que 50 Chinois et 10 ours autant que 4 éléphants. Combien faut-il alors de chauves-souris pour absorber autant de nourriture qu'une douzaine d'éléphants ?

10 – Cher grand-père

Quand papa est né, grand-père avait l'âge de maman aujourd'hui. Si vous enlevez du carré de l'âge de mon grand-père, la somme des carrés des âges de mes parents, vous obtenez 1 798.
Ces 2 informations vous suffisent-elles pour trouver l'âge de mon cher grand-père ?

11 – Combien d'enfants étiez-vous ?

Si vous me posez une telle question, je vous répondrai seulement que ma mère avait rêvé d'avoir au moins 19 enfants, mais qu'elle n'a pas réalisé son rêve, que mes sœurs étaient cependant trois fois plus nombreuses que mes cousines germaines, et que j'avais deux fois moins de frères que de sœurs.

12 – Compagnie aérienne

Une compagnie aérienne américaine dessert un certain nombre de grandes villes en établissant des vols directs entre chacune d'entre elles. L'an prochain, elle prévoit d'augmenter son réseau de 76 nouveaux vols, en desservant, toujours selon le même principe, plusieurs villes supplémentaires.
Combien y-a-t-il de villes desservies actuellement et combien y en aura-t-il l'an prochain ?

13 – La composition de latin

La composition de latin est notée de 0 à 20 (en nombres entiers). Michel a eu plus de la moyenne, Claude moins. Quelles notes exactement ont-ils obtenues, sachant que si l'on soustrait à chacune des deux notes le tiers de la plus petite, le reste de la plus grande sera trois fois plus grand que le reste de la plus petite ?

14 – Compter avec ses doigts

Si vous avez du mal à vous souvenir de la table de multiplication par 9, utilisez donc le système suivant : pour trouver la valeur de $9 \times n$ (n étant un chiffre quelconque), mettez vos deux mains à plat sur une table. Puis soulevez le n-ième doigt à partir de la gauche. Le résultat a pour chiffre des dizaines le nombre de doigts restés à plat à gauche, et pour chiffre des unités le nombre de doigts restés à plat à droite. Essayez par exemple avec $n = 3$ en soulevant le 3e doigt à partir de la gauche.

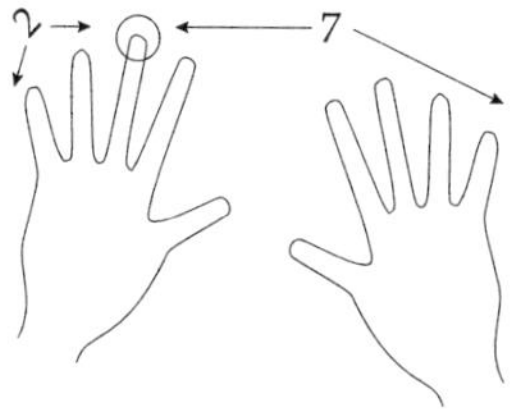

Vous en concluez : $3 \times 9 = 27$.

Et maintenant que vous avez constaté la justesse de cette méthode, sauriez-vous l'expliquer ?

15 – Contes de fées au carré

Prenez l'âge qu'aurait Blanche-Neige aujourd'hui si elle vivait encore. Ajoutez-lui 4 fois son carré. Vous obtiendrez ainsi le carré de l'âge qu'aurait Barbe-Bleue s'il vivait toujours.

Peut-on croire encore aux contes de fées ?

16 – Cot-cot-codet

Une poule savait compter suivant un système de numérotation en base 5. Les cinq symboles qu'elle employait pour cela étaient les suivants : C, T, D, E, O. Quelle valeur numérique précise donnait-elle à chacune de ces cinq lettres sachant que, lorsqu'elle voulait dire « 41 346 460 », elle faisait « COTCOTCODET » ?

17 – Courses de chevaux

Par un bel après-midi de printemps, je me rends à l'hippodrome de Longchamp. Je mise sur un premier cheval et la somme que j'avais sur moi est ainsi doublée. Encouragé par cet exemple, je mise sur un

deuxième cheval la somme de 60 F, que je perds entièrement. Grâce à un troisième cheval, je double alors mon avoir. Mais le quatrième me fait encore perdre 60 F. Un cinquième essai me permet une nouvelle fois de doubler la somme qui me restait. Mais un sixième cheval sur lequel je mise encore la somme de 60 F m'est fatal : il ne me reste plus rien de la somme que j'avais au départ.
Quelle était cette somme ?

18 – La crapette

Vous savez peut-être jouer à la crapette. C'est un jeu de cartes très classique. On pose les cartes les unes sur les autres par importance décroissante, en respectant la règle de l'alternance des couleurs.
Par exemple, si vous avez sur la case *A* (arrivée) un roi rouge et sur la case *D* (départ) une dame noire et un valet rouge, vous pourrez mettre le contenu de la case *D* sur la case *A*, à condition d'avoir une autre case disponible, qui supportera le valet pendant le transfert de la dame.
Dites-moi alors combien il faudra de cases disponibles pour pouvoir réaliser cette opération de transfert case *D* sur case *A*, si après la dame noire et le valet rouge, suivaient successivement un 10 noir, un 9 rouge, etc... jusqu'au 2 noir ?

19 – Le cube parfait

Trouvez un nombre de 2 chiffres sachant qu'en l'écrivant 3 fois de suite et en écrivant ensuite le chiffre 1, on obtient un cube parfait.

20 – Les cubes de Cunégonde

Quand Cunégonde joue aux cubes, elle commence par construire une sucession de châteaux de cubes cubiques dont les dimensions vont en croissant pas à pas :

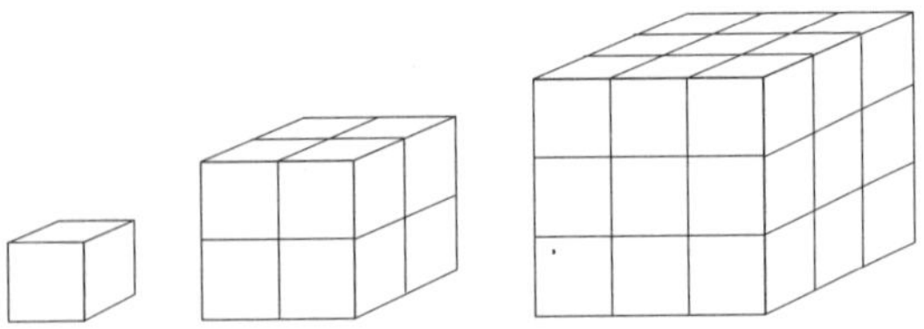

etc.

Cunégonde installe ensuite ses châteaux cubiques les uns sur les autres, du plus grand au plus petit, et obtient ainsi une construction de 84 cm de hauteur. Puis elle démolit le tout d'un coup de pied, et range alors sagement ses cubes dans une boîte carrée, plate, aussi petite que possible. On demande ici de trouver la longueur de chaque côté de la boîte carrée de cubes de Cunégonde...

ÉNIGMES D

1 – Une date célèbre

Je suis une date célèbre.
Multipliez-moi par 2 ; divisez-moi par 101 ; puis, élevez-moi à la puissance 5. Divisez-moi ensuite par 243. Vous obtiendrez 100 000.
Suis-je alors le symbole de l'assassinat d'Henri IV, du sacre de Charlemagne, de la déclaration de la Première Guerre mondiale, de la Révolution française, de la bataille de Marignan ou de celle d'Austerlitz ?

2 – De délicates extractions de racines

On demande ici de résoudre l'équation suivante :

$$\sqrt{x+3-4\sqrt{x-1}}+\sqrt{x+8-6\sqrt{x-1}}=3$$

et de calculer la somme de ses deux solutions.
Comment faire, oh la la !

3 – Dernière demi-heure à la piscine

Quand le cinquième des adultes a quitté la piscine, il restait 2 adultes pour 3 enfants. Puis 44 enfants s'en allèrent à leur tour : il resta alors 2 enfants pour 5 adultes.
Combien d'adultes et d'enfants y avait-il au départ ?

4 – DÉRACINEZ

Voici une expression où 10 signes de racine sont imbriqués les uns dans les autres :

$$E=\sqrt{10\sqrt{10\sqrt{10\sqrt{10\sqrt{10\sqrt{10\sqrt{10\sqrt{10\sqrt{10\sqrt{10}}}}}}}}}}$$

Comment pourrait-on écrire cela plus simplement (au dizième près) ?

5 – DESERTIC STORY

Me voici seul au milieu du désert avec mes chameaux et mes dromadaires. Cela fait en tout 102 pattes et 38 bosses. Ai-je donc plus de chameaux que de dromadaires ou de dromadaires que de chameaux ?

6 – DIVISION

On pose une division : on augmente le dividende de 65 et le diviseur de 5 ; on constate que le quotient et le reste ne changent pas. Quel est ce quotient ?

7 – DOMINOS EN DOUBLE

Prenez le double un, le double deux, etc. le double six. Sauriez-vous disposer ces six dominos de façon à former le tour d'un carré tel que la somme des points inscrits sur chacun des quatre côtés soit la même ?

ÉNIGMES E

1 – L'ÉCOLE INCENDIÉE

Les différentes classes d'une école ont chacune le même nombre d'élèves. À la suite d'un incendie, 6 des classes furent rendues inutilisables. On dut alors ajouter 5 élèves par classe. Puis il fallut se rendre compte que les dégâts causés par les jets d'eau des pompiers étaient tels que 10 autres classes devaient être également considérées comme sinistrées. D'où nécessité de remettre encore 15 élèves dans chacune des classes restées en bon état. Combien y a-t-il d'élèves dans cette école ?

2 – Un éléphant pour toute la classe

Dans notre classe, il y a 27 élèves. Le nombre de filles dépasse de n celui des garçons et chaque fille pèse en moyenne 37 kilos, soit n kilos de plus que chaque garçon. L'éléphant Robrouf pèse 1 000 kilos. Si tous les élèves de la classe se pèsent à la fois, arriveront-ils à dépasser le poids de Robrouf ?

3 – Elle ou moi

Nous avons 3 enfants. Si vous faites le produit de leurs âges, vous obtiendrez le salaire quotidien de mon épouse. Si vous élevez la moyenne de leurs 3 âges au cube, vous obtiendrez mon salaire quotidien. Alors qui gagne le plus, elle ou moi ?

4 – En campagne

2 capitaines de César ont disposé les hommes de leurs légions selon 2 carrés parfaits. Les effectifs de ces 2 légions diffèrent de 217 hommes. La plus nombreuse a 7 rangées de soldats de plus que l'autre. Quel est l'effectif total de ce corps d'armée de César ?

5 – Échanges

Un nombre de 3 chiffres augmente de 45 si l'on intervertit l'ordre des 2 chiffres de droite, et il diminue de 270 si l'on intervertit l'ordre des 2 chiffres de gauche. Que devient-il si l'on intervertit l'ordre des 2 chiffres extrêmes ?

6 – En jouant aux cubes

2 petits jumeaux, garçon et fille, jouent aux cubes. Ils font des constructions très simples en forme de murs triangulaires et utilisent ainsi tous leurs cubes. La construction de la petite fille est plus haute d'un étage que celle du petit garçon. Ce dernier, mécontent, démolit le château de sa sœur, qui donne alors un coup de pied dans celui de son frère. Tous deux pleurent. La maman arrive et leur demande de ranger sagement tous leurs cubes dans une boîte assez plate et carrée qu'ils doivent remplir intégralement. Cela est-il possible, ou bien devront-ils laisser une place libre ?

etc.

7 – En pleine forme à 120 ans

Dans notre pays, on vit toujours très vieux et chacun a 4 enfants peu avant l'âge de 30 ans. Je suis moi-même en pleine forme et m'apprête à fêter mon cent-vingtième anniversaire. Pour cette occasion, je compte inviter tous mes descendants directs (sans les conjoints) et personne d'autre car je tiens à conserver un caractère intime à cet évènement.
J'ai réservé cependant un salon pour 300 personnes. J'ai vu large n'est-ce pas ?

8 – Et vive l'an 2000 !

Voici les dernières prévisions démographiques pour l'an 2000.
Les Chinois et les Hindous seront ensemble 5 fois plus nombreux que les Européens, qui seront eux-mêmes 2 fois plus nombreux que les Brésiliens dont le nombre sera précisément égal à la différence entre celui des Chinois et celui des Hindous... En conclusion, avec 9 fois le nombre de Chinois, combien de fois obtiendra-t-on le nombre d'Hindous ?

9 – Une évidence élémentaire

Considérez le nombre entier suivant :

$$N = 27\,195^8 - 10\,887^8 + 10\,152^8.$$

S'agit-il d'un multiple de 26 460 ou de 16 308 ? Si vous vous souvenez que $a^n - b^n$ est un multiple de $a - b$, il ne s'agira plus que d'une évidence élémentaire...

10 – Exposant x

Un nombre entier réel positif x satisfait l'équation que voici :

$$\left(\sqrt{2}+1\right)^x + \left(\sqrt{2}-1\right)^x = 6$$

En bref que vaut x ?

ÉNIGMES F

1 – Une famille de 3

Notre chien a 3 fois l'âge de ma petite sœur, j'ai 3 fois l'âge du chien. Maman a 3 fois mon âge et Bon-Papa a 3 fois l'âge de Maman. Quel âge avait Bon-Papa quand ma petite sœur est née ?

2 – Famille nombreuse

J'ai 6 enfants. Quand je multiplie l'âge de chacun par la somme des âges des 5 autres, j'obtiens respectivement 264, 325, 549, 825, 901 et 1 000. Quel âge avait alors mon aîné, Sébastien, à la naissance de mon petit dernier, François-Christophe ?

3 – Ferme arithmétique

Si vous soustrayez du nombre de mes cochons le nombre de mes vaches, vous obtiendrez le nombre de mes chevaux. Quant au nombre de mes poulets, c'est très simple : pour l'obtenir, il vous faut tout simplement enlever le carré du nombre de mes chevaux de la somme des carrés des nombres respectifs de vaches et de cochons. Le nombre de mes poulets est-il alors pair ou impair ?

ÉNIGMES G

1 – Un grand calcul

Appelez à votre âge (en nombre entier d'années). Calculez alors l'expression :

$$E(a) = 5^a + 2 \cdot 3^{a-1}$$

Est-ce divisible par 5, 7, 8 ou 9 ?

2 – Grand-mère, version latine et petits chats

Si vous écrivez 2 fois côte à côte ma note en version latine, vous obtiendrez l'âge de ma grand-mère. Et si vous divisez cet âge par le nombre de mes petits chats, qu'obtiendrez-vous ? 3 fois ma note en version latine, augmentée de 14 tiers. Dites-moi alors, s'il vous plaît, quel est l'âge de ma grand-mère.

3 – La grippe asiatique

Je suis revenu d'Asie il y a un mois avec la grippe asiatique. C'est un virus vraiment très bizarre. Tout d'abord, il vous cloue au lit pendant 6 jours. Le 7e jour, vous vous sentez guéri, vous sortez et passez aussitôt le virus aux 7 premières personnes que vous pouvez rencontrer et c'est fini pour vous : vous êtes alors en pleine forme. Mais avec un tel système, je viens de calculer que mon voyage en Asie a déjà provoqué 400 grippes ! De grands savants ont expliqué que ce virus très très bizarre s'arrêtera de sévir en France dès qu'il aura atteint 137 257 Français.
Selon ces informations, sauriez-vous dire dans combien de semaines sera terminée l'épidémie de grippe asiatique ?

ÉNIGMES H

1 – Une histoire franchement immorale

Je reçois tous les matins l'une de mes 3 maîtresses Paulette, Louisette et Josette. Le mari de Paulette est professeur, il enseigne tous les matins sauf le mercredi et le dimanche où il fait sa partie de tennis hebdomadaire. Le mari de Louisette est routier, il est absent 2 jours sur 3, il est parti hier matin de bonne heure. Celui de Josette est cosmonaute, il survole sa maison tous les 5 jours, il est passé avant-hier. Nous sommes lundi. Dans combien de jours devrai-je passer un triste matin solitaire ?

2 – Une histoire d'omelettes

Le chef du restaurant de l'Auberge du Cheval blanc prépare sucessivement dans sa cuisine une omelette aux crevettes avec 15 œufs, une au fromage avec 13, une aux croûtons avec 11, une aux pommes de terre avec 9, une aux piments avec 7, une aux champignons avec 5, une « nature » avec 3. Puis il prend lui-même un œuf à la coque, en remarquant qu'il avait ainsi complètement utilisé le grand casier carré d'œufs du réfrigérateur.
Combien y en avait-il dans chaque rangée ? (Attention : la réponse doit ici être trouvée sans calculs...).

3 – Une horrible équation

Comment trouver la valeur de x, nombre réel positif, à l'aide de l'horrible équation suivante :

$$3^{2x+2} - 3^{x+3} - 3^{x} + 3 = 0$$

ÉNIGMES I

1 – Igrecmoindeuzix

Si l'on vous dit que y vaut 4 fois x diminué de 6, ou bien 5 fois x diminué de x^2, soit encore le produit xy diminué de x^2, puis de 3, saurez-vous en déduire combien vaut « $y - 2x$ » ?

2 – Il nous faut des garçons

Le roi d'un certain pays désirait, pour des motifs guerriers, avoir plus de garçons que de filles parmi ses sujets. Il décida donc autoritairement qu'aucune famille ne comporterait plus d'une fille. Chaque femme du pays eut ainsi un certain nombre d'enfants dont le dernier, et le dernier seulement était une fille. À quelle proportion de garçons arriva-t-on ainsi ?

3 – Inversion

Un nombre de 4 chiffres augmente de 9 si l'on intervertit les 2 chiffres de droite et diminue de 900 si l'on intervertit ceux de gauche. Que devient-il si l'on supprime le chiffre de gauche et que l'on remplace alors le chiffre du milieu par un 9 ?

Énigmes J

1 – Je veux un ordinateur

– Papa, dit Alfred le jour de ses 8 ans, je veux un ordinateur.

– Ton vœu sera exaucé, mon petit chéri, dès que tu auras atteint le tiers de mon âge. Tu sais que j'ai 34 ans aujourd'hui. Ce sera donc dans...

À vous de compléter, cher lecteur, la valeur manquante.

2 – Jouons avec les cubes

Sauriez-vous démontrer que la somme des inverses des cubes des nombres entiers est égale aux 4 tiers de cette même somme alternée, c'est-à-dire :

$$\frac{1}{1^3}+\frac{1}{2^3}+\frac{1}{3^3}+\frac{1}{4^3}+\ldots=\frac{4}{3}\left[\frac{1}{1^3}-\frac{1}{2^3}+\frac{1}{3^3}-\frac{1}{4^3}+\ldots\right]$$

3 – Jumeaux français

On sait que 3 naissances sur 250 donnent des jumeaux, et qu'il y a 56 millions de Français. Combien cela fait-il de jumeaux français ?

ÉNIGMES K

1 – Kiwis

3 citrons et 1 pamplemousse pèsent autant que 10 kiwis. 6 kiwis et 1 citron pèsent autant qu'un pamplemousse. Combien faut-il alors de kiwis pour égaler le poids d'un pamplemousse ?

ÉNIGMES L

1 – Léonie et les chats

Quand on demande à la vieille Léonie avec combien de chats elle vit, elle répond mélancoliquement : « Avec les 4 cinquièmes de mes chats plus 4 cinquièmes de chat. »
Combien cela fait-il de chats ?

2 – Les lingots d'or

« Mes chers enfants, me voici vieux et je tiens à vous distribuer dès aujourd'hui tous mes lingots d'or. À mon aîné, j'en donne 5 et un cinquième du reste ; à mon second, j'en donne 10 et un cinquième du reste ; à mon troisième, 15 et un cinquième du reste, etc... »
Sachant que chacun des enfants a eu ainsi le même nombre de lingots, combien étaient-ils ?

3 – Logarithmes en salade

Voici une bonne petite salade algébrique agrémentée de logarithmes décimaux :

$xy = 1\,000$

$x^{\log y} + y^{\log \sqrt{x}} = 110$

$y \geq x$

Que valent ici x et y ?

4 – Longévité de Rosalie

Prenez l'année de naissance de Rosalie. Inversez-la. Puis enlevez ce résultat inversé à l'année initiale. Vous obtiendrez 1 278. Procédez de même avec l'année de la mort de Rosalie : vous obtiendrez le même résultat. Combien d'années Rosalie a-t-elle passées sur la Terre ?

ÉNIGMES M

1 – Manipulation arithmétique

Je suis un nombre entier à 3 chiffres. Si vous échangez mes 2 chiffres les plus à droite, j'augmente de 36. Si vous échangez ceux de gauche, j'augmente de 270. Si vous me divisez par 9, serai-je encore un nombre entier ?

2 – Manipulation de chiffres

Comment obtenir 1 en utilisant une fois et une seule chacun des 10 chiffres de 0 à 9 en ne faisant intervenir que des opérations arithmétiques élémentaires ?
Et comment obtenir 100 de la même manière ?

3 – Les mathématiques nouvelles

Mon fils a appris à compter suivant une base non décimale, si bien qu'au lieu d'écrire 136, il écrit 253. Quelle est cette base ?

4 – Mathusalem était menteur

Mathusalem a dit un jour : « Prenez 4 fois mon âge et vous obtiendrez le carré de l'âge de mon petit fils préféré, diminué de 3 ».
Sauriez-vous alors, cher lecteur, expliquer le titre de ce problème ?

5 – Mémé va très bien, merci

Mon arrière-grand-mère (Mémé pour les intimes) va très bien, merci. Elle a même gardé son horrible goût pour les fractions et quand on lui demande son âge, elle répond :

$$\text{«}\ \frac{2\times\left(-\frac{6}{11}\right)+\frac{\left(\frac{6}{11}\right)+3}{4}}{\frac{10}{816}\times\left(-\frac{6}{11}\right)+\frac{\left(\frac{6}{11}\right)+2}{544}}\ \text{»}$$

En bref, quel âge a Mémé ? (machines à calculer interdites.)

6 – MESSAGE SECRET

Vous allez découvrir un message secret en complétant les 2 carrés ci-dessous, en décodant les lettres correspondantes puis en les arrangeant comme il faut. Vous connaîtrez alors le sujet qui m'obsède.

18	24		6	12
10	11		23	4
22	3	9	15	16
14		21	2	
	7		19	25

15	18		4	7
24	2	10		16
8	11		22	
17	25	3	6	14
		12		23

7 – LE MILLIONIÈME JEU MATHÉMATIQUE

Charles-Auguste n'avait qu'une seule passion au monde : les jeux mathématiques. Il s'y est consacré tous les jours de son existence, sauf les dimanches et les jours de Noël, depuis le jour de ses 20 ans. Il commençait à 9 heures du matin et finissait à 6 heures 30, s'arrêtant 45 minutes pour déjeuner et 5 minutes pour un thé frugal. Il passait systématiquement 13 minutes sur chaque problème.

Hélas ! Le millionième jeu mathématique était si difficile qu'il arriva à la fin de la treizième minute sans l'avoir résolu. Son chagrin fut si vif qu'il mourut aussitôt d'une crise cardiaque.

Quel âge avait notre sympathique héros Charles-Auguste lorsque ce fatidique millionième jeu mathématique mit un terme à une si belle vie ?

8 – Mon arrière-grand-père

Le carré de mon âge diminué du carré de l'âge de mon petit frère donne précisément l'âge de mon arrière-grand-père : 95 ans.
Quel âge avait ce dernier lors de la naissance de mon petit frère ?

9 – Mon mari, mes 4 enfants

« Mon mari a 41 ans. Mes 4 enfants se suivent à un an près. Faites le produit de leurs 4 jeunes âges, ajoutez un et vous obtiendrez le carré de l'âge de mon mari, car lorsque l'aîné naquit, il avait... »
À vous de trouver, cher lecteur, le nombre manquant.

10 – Mon x à moi

Le quart du cube du cinquième de *x* fait 54 fois le cent-vingt-cinquième de l'unité. Combien fait alors le tiers de la moitié de « mon *x* à moi » ?

11 – Multiplications en miettes

Il s'agit ici de reconstituer les 2 multiplications suivantes :

```
            .  .  .                 .  .  .  3
×           4  5  7           ×        .  .  .
----------------------        ----------------
         .  .  .  .                 .  7  0  .
      1  7  0  5                 .  2  1  3
   .  .  .  .                 .  .  .  9
----------------------        ----------------
.  .  .  .  .  .  .           .  .  .  .  .  4
```

Qu'en pensez-vous, cher lecteur ?

12 – La mystérieuse inconnue

Il était une fois une mystérieuse inconnue impaire qui, divisée par 7, donnait un reste de 2, et, divisée par 9, un reste de 5. On voulut un jour la diviser par 6. Combien en resta-t-il ?

ÉNIGMES N

1 – Noces d'or

En 1964, mes grands-parents fêtèrent leurs noces d'or. Ils m'invitèrent alors à déjeuner dans un excellent restaurant.

– Tiens, dit ma grand-mère, en attendant son dessert, j'ai l'âge indiqué par les 2 derniers chiffres de l'année de ma naissance.

– Moi aussi, lui répondis-je.

S'agit-il alors, selon vous, de mes grands-parents paternels ou maternels ?

2 – Les nombres chinois

Pensez à un nombre compris entre 1 et 26. Puis observez les 6 tableaux carrés suivants, un par un.

1	4	7	2	5	8	3	4	5
10	13	16	11	14	17	12	13	14
19	22	25	20	23	26	21	22	23
6	7	8	9	10	11	18	19	20
15	16	17	12	13	14	21	22	23
24	25	26	15	16	17	24	25	26

Lorsque le nombre choisi appartient à l'un des tableaux, inscrivez le nombre situé en haut à gauche de ce tableau. Puis additionnez les nombres ainsi inscrits. Par exemple : 16 se trouve dans le premier tableau, dans le quatrième et dans le cinquième.

Si l'on ajoute les 3 premiers nombres de chacun de ces tableaux, on trouve : 1 + 6 + 9 = 16.

On retrouve ainsi toujours le nombre choisi au début. Sauriez-vous expliquer ce phénomène ?

ÉNIGMES O

1 – OUAH-OUAH

Un chien savant savait compter selon de numération en base 4. Il traduisait 0 par O, 1 par U, 2 par H et 3 par A. Combien cela signifiait-il alors quand il faisait « Ouahouah »?

ÉNIGMES P

1 – PARC AUTOMOBILE POUR MILLIARDAIRE AMÉRICAIN

Je suis milliardaire. Il me faut un parc automobile digne de ma position sociale. Si j'achète 2 Cadillac, 1 Buick et 2 Chevrolet, cela me coûtera 176 000 dollars. Si je prends 3 Cadillac, 2 Buick et 1 Chevrolet, j'en aurai pour 197 000 dollars. Si je me contente d'une Cadillac et de 3 Chevrolet, combien cela me coûtera-t-il ?

2 – PARTAGE

J'avais à l'origine 100 francs dans mon porte-monnaie, en pièces de 1 franc, de 5 francs et de 50 centimes. Mais, maintenant, je n'ai plus rien, car j'ai donné mes pièces de 1 franc à Victor, celles de 5 francs à Marguerite et celles de 50 centimes à Gustave. Qui est alors, selon vous, le moins avantagé des trois dans ce partage, sachant qu'un des deux garçons a reçu 9 fois plus de pièces que l'autre ?

3 – PARTI EN FUMÉE

Je viens d'avoir 65 ans. Chaque jour, depuis l'âge de 15 ans, je dépense 20 F pour mes cigarettes. Si j'avais placé à 7 % la somme correspondante à la fin de chaque année, que pourrais-je m'acheter aujourd'hui :

un solitaire à .... 40 000 F
une Alfa-Roméo à .... 160 000 F
un pavillon en banlieue à .... 1 M F
un 4 pièces dans le 15e arrondissement à .... 3 M F
ou un bel appartement avenue Foch à .... 7 M F

4 – Père et fils

Quand mon fils aura 15 ans de plus qu'il n'a aujourd'hui, il aura l'âge que j'avais quand j'avais 8 fois son âge. Quand il aura atteint l'âge que j'ai aujourd'hui, nous aurons ensemble, si je suis encore de ce monde, 31 fois l'âge qu'il avait quand j'avais 8 fois son âge. Quel est l'âge de mon fils ?

5 – Petite salade

Avez-vous remarqué que $65^2 - 56^2 = 33^2$? Sauriez-vous alors trouver la racine de :
« $6\,565^2 - 5\,656^2$ »?

6 – Pierre-Alexis, Camille-Charlotte, Oncle Alfred et moi

J'ai 29 ans et 2 beaux enfants : Pierre-Alexis est l'aîné. Camille-Charlotte la seconde. La différence des carrés de leurs âges est égale à la somme de leurs âges, c'est-à-dire au produit de leurs âges diminué du mien. Et si vous calculez dans 19 ans la somme de nos trois âges, vous obtiendrez tout simplement l'âge d'oncle Alfred aujourd'hui.
Ce dernier est-il oui ou non centenaire ?

7 – Poésie d'avant-garde

Pour me cultiver, j'ai acheté un livre de poésie d'avant-garde. C'est tout à fait illisible. Tout ce que j'ai compris, ce sont les numéros des pages. Cela fait 207 chiffres en tout. Il y a un poème par page à partir de la page 3. Combien de poésies d'avant-garde ai-je ainsi à ma disposition ?

8 – Les pommes

Amélie ramasse des pommes, en mange un quart et distribue équitablement les autres à ses petites sœurs Berthe, Charlotte et Dorothée. Puis, Berthe mange également le quart de ses pommes et distribue le reste en 3 parties égales à ses 3 sœurs. Charlotte mange alors

une pomme et distribue celles qui restent équitablement entre ses 3 sœurs. Quant à la petite Dorothée, elle en mange 4 avant de partager le reste de façon égale entre ses 3 sœurs.
– Tiens, dit alors Berthe à Charlotte, j'ai 2 fois plus de pommes que toi.
Combien Amélie avait-elle ramassé de pommes ?

9 – Pour les moins de seize ans

Indiquez-moi dans quelles colonnes apparaît votre âge et je le devinerai ensuite en ajoutant les premiers chiffres de ces colonnes entre eux. Est-ce de la magie ?

2	8	4	1
3	9	5	3
6	10	6	5
7	11	7	7
10	12	12	9
11	13	13	11
14	14	14	13
15	15	15	15

10 – Pour y perdre son latin

Una cum mulo vinum portabalt asella
Atque suo graviter sub pondere pressa gemebat
Talibus at dictis mox increpat ipse gementem
Mater, quid luges, tenerae de more puellae ?
Dupla tuis, si des mensuram, pondera gesto ;
At si mensuram accipias, aequalia porto.
Dic mihi mensuras, sapiens geometer, istas ?

(*la traduction est avec la solution*)

11 – Précisez le barème

« Je suis professeur de mathématiques. Je viens de donner à mes élèves de seconde un contrôle formé d'un problème qu'un élève sur 3 a trouvé, et d'une question de cours, que 3 élèves sur 5 ont rédigé correctement. La moyenne de la classe est de 8 sur 20 car le barème choisi était de ... points pour le problème et de ... points pour la question de cours. »
C'est à vous, cher lecteur, de préciser le barème.

12 – Premier ou pas premier

Prenez un nombre premier au moins égal à 5. Élevez-le au carré. Ajoutez 2. Le nombre alors obtenu peut-il encore être premier ?

13 – Produit

Le produit de 4 nombres entiers consécutifs est 3 024. Quels sont ces nombres ?

14 – Puissance 4

Choisissez un nombre entier quelconque supérieur à 1 : élevez-le à la puissance 4 ; ajoutez alors 4. Le nombre ainsi obtenu peut-il être premier ?

15 – Les pyramides

Olivier et Stéphanie jouent avec leurs cubes. Mais Olivier ne sait faire que des pyramides à base carrée :

exemple à 3 étages

vue de face — vue de haut

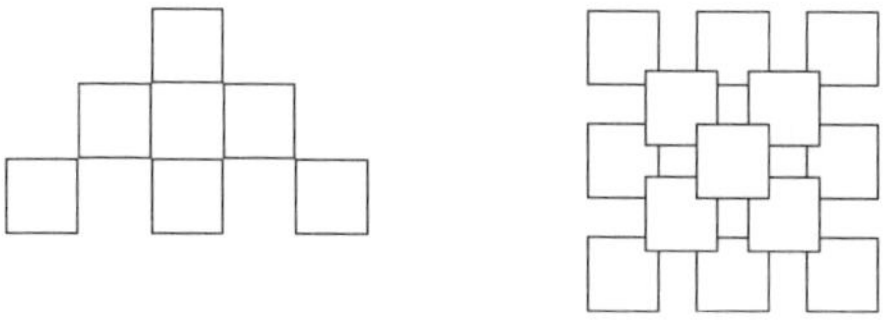

Tandis que Stéphanie ne sait les faire qu'avec des bases triangle :

exemple à 3 étages

vue de face — vue de haut

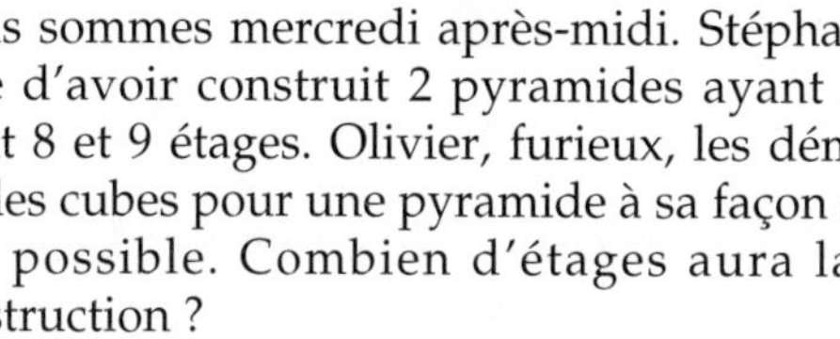

Nous sommes mercredi après-midi. Stéphanie est très fière d'avoir construit 2 pyramides ayant respectivement 8 et 9 étages. Olivier, furieux, les démolit et utilise les cubes pour une pyramide à sa façon aussi haute que possible. Combien d'étages aura la nouvelle construction ?

ÉNIGMES Q

1 – QUAI SAN-SALVADOR

Voulez-vous venir dîner chez moi ce soir ? Mais ne vous trompez pas : j'habite l'une des 11 maisons du quai San-Salvador, numérotées 1, 3, 5, ..., 21, d'ouest en est (la mer est au nord).
Quand je suis chez moi, face à la mer, et que je multiplie le nombre de maisons de gauche par celui des maisons de droite, j'obtiens un nombre supérieur de 5 à celui qu'obtiendrait mon voisin de gauche en faisant de même. J'habite donc au n° ...

2 – QUAND TU NAQUIS MON FILS

« Aujourd'hui, mon fils, je suis 2 fois plus âgée que toi. Mais il y a 18 ans, je l'étais 3 fois plus car, quand tu naquis mon fils, j'avais... »
À vous de compléter cette phrase.

3 – QUEL ÂGE A FLORENCE ?

À vous de le trouver sachant que la puissance cinquième de son âge diminuée de son âge lui-même est un multiple de 10.

ÉNIGMES R

1 – LES RÈGLES DE LA DIVISIBILITÉ PAR 11

Vous connaissez, n'est-ce pas, les règles de la divisibilité d'un nombre entier par 2, 3, 5, 9 et 10. Mais par 11, qu'en dites-vous ?

2 – UN RESTE TRÈS PUISSANT

Quel est le reste de la division par 7 de la 48e puissance de 32 ?

3 – La rue Saint-Nicaise

Le 24 décembre 1800, le Premier Consul Bonaparte se rendit à l'Opéra par la rue Saint-Nicaise. Une machine infernale éclata sur son passage mais quelques secondes en retard. Il y eut de nombreux morts et blessés. Bonaparte attribua le complot aux républicains. Il en fit ainsi déporter 98 aux Seychelles ou en Guyane. Il en exécuta également quelques-uns. Sachant que le nombre de blessés est le double du nombre de morts augmenté des quatre tiers de celui des exécutions, que la somme du nombre de morts ou de blessés et de celui des exécutions est légèrement inférieure à celui des déportations, et que si l'on soustrait 4 du nombre des morts, on obtient précisément le double du nombre des exécutions, pourriez-vous, sans consulter un livre d'histoire, dire combien de républicains Bonaparte fit exécuter à la suite de l'attentat de la rue Saint-Nicaise ?

ÉNIGMES S

1 – Le sac de billes

Des enfants se partagent un sac de billes. Le 1er enfant en prend 1 et le 10e de celles qui restent, puis le 2e en prend 2 et le 10e du reste, le 3e 3 et le 10e du reste, et ainsi de suite jusqu'au dernier, qui prend tout ce qui reste.

Combien y avait-il d'enfants et combien chacun a-t-il pris de billes sachant que toutes les parts étaient égales ?

2 – Sainte-Agathe et Sainte-Agnès

À l'école Sainte-Agathe et Sainte-Agnès, il faut 2 893 chiffres pour numéroter tous les élèves. Combien cela en fait-il ?

3 – Sainte Blandine

Considérez l'âge qu'aurait Sainte-Blandine si elle vivait encore aujourd'hui. Multipliez-le 7 fois par lui-même. Enlevez une fois au résultat obtenu cet âge précédemment défini. Puis divisez le résultat de votre soustraction par 7. Le reste de cette division vous indiquera le nombre de péchés commis par Sainte-Blandine, durant toute sa vie qui est de...

4 – Saint-Hugh's College

Il y a chaque année exactement 329 étudiants à Saint-Hugh's College, rangés par ordre alphabétique de 1 à 329 et inscrits dans l'une des 5 disciplines mathématiques suivantes : algèbre, analyse, arithmétique, géométrie, probabilités. Selon la tradition, quand un des étudiants découvre que son numéro est formé par la somme de 2 autres (ou le double de l'un) appartenant à des étudiants ayant la même spécialité que lui, il peut leur demander de lui faire son lit tous les jours à tour de rôle. Montrez que, chaque année, il y a au moins un étudiant qui peut ainsi être servi : good luck to him.

5 – Sébastien et Amanda

Chère Amanda,

J'ai 3 ans de plus que toi. Si bien que dans les 3 années à venir, le produit de nos âges va augmenter de 90. J'aurai alors ... et tu auras ... Ce sera merveilleux, n'est-ce pas ?

Sébastien.

6 – Sherlock Holmes

L'assassin a une voiture dont le n° départemental est : 31, 41, 51 ou 91. C'est d'autre part, la fin d'un carré parfait. D'où vient l'assassin ?

7 – Les soldats de l'Empereur

Le général Lasalle n'avait pas peur de la mort « Tout hussard qui dépasse 30 ans est un jean-foutre », aimait-il à dire. Avant une terrible bataille, il compta ses soldats : la somme des chiffres formant leur nombre était de 17. Après la bataille, il compta les morts et les blessés : la somme des chiffres formant leur nombre était également de 17. Les autres rentrèrent alors très dignement, par rangs de 9. Comment expliquez-vous cela ?

8 – SOMME ET PRODUIT

Trouver 3 nombres entiers différents dont la somme soit égale à leur produit.

9 – SUEZ ET PANAMA

Une réunion a lieu entre Égyptiens et Panaméens pour discuter de l'exploitation de leurs canaux respectifs. Ils sont 12 en tout, les Égyptiens étant plus nombreux que les Panaméens. Les Égyptiens arrivent, se disent mutuellement bonjour, 2 à 2, dans leur langue ; puis les Panaméens font de même. Mais les Panaméens ne saluent pas les Égyptiens et inversement.
Sachant qu'il y a eu en tout 31 bonjours échangés, combien y a-t-il d'Égyptiens et combien y a-t-il de Panaméens présents lors de cette réunion ?

10 – SUPER FAMILY CIRCUS

Ma fille s'occupe des girafes, c'est-à-dire des trois quarts des girafes plus trois quarts de girafe. Mon fils s'occupe des éléphants, c'est-à-dire des quatre cinquièmes des éléphants plus quatre cinquièmes d'éléphant. Ma femme est trapéziste et moi je fais le clown : c'est le Super Family Circus. Oh, pardon, j'allais oublier Jocko, notre singe savant. Quel est alors :
– le nombre total d'êtres vivants du Super Family Circus ?

11 – UNE SUPER ÉQUATION

Admirez cette belle équation du second degré :

$$1\,234\,567x^2 - 7\,654\,321x - 876\,543 = 0$$

Et dites-nous ensuite combien de nombres entiers la vérifient...

ÉNIGMES T

1 – UN TAS DE ZÉROS

Par combien de zéros se termine le nombre 1 000 !?

2 – Taxiphone parisien

J'entre dans un café à Paris pour donner un coup de téléphone. Il faut 1 franc pour utiliser le taxiphone à touches, et on ne peut appeler que Paris, c'est-à-dire faire des numéros à 8 chiffres dont le premier est un 4. Je constate bien sûr que la touche 4 est plus usée que la touche 5 voisine car elle a été appuyée plus souvent. Dans quelle proportion ?

3 – Tempête au rocher de la Vierge

Cela se passait à Biarritz un jour de forte tempête. Nous étions allés voir sauter les vagues au rocher de la Vierge. On courait, on était douché, c'était très amusant. Il y avait heureusement un marchand ambulant qui vendait des parapluies, des chapeaux imperméables et des paquets de mouchoirs en papier pour les enrhumés.
3 de ces paquets coûtaient autant qu'un chapeau, un parapluie autant de francs qu'il y avait de mouchoirs en papier dans 5 paquets, 2 parapluies autant que 5 chapeaux et 1 chapeau autant de francs que de mouchoirs en papier pour 16 francs...
Combien y avait-il alors de mouchoirs en papier dans chaque paquet ?

4 – Thème anglais

Dans une classe de 35 élèves, les filles ont eu une moyenne de 12 à la dernière composition de thème anglais, et les garçons une moyenne de 9,5 seulement. La moyenne générale était de 10,5. Quelle est donc, dans cette classe, la différence entre le nombre de filles et le nombre de garçons ?

5 – Toi & moi

J'ai 2 fois l'âge que tu avais quand j'avais l'âge que tu as. Quand tu auras mon âge, nous aurons ensemble 108 ans.
Quelle est la somme de nos 2 âges aujourd'hui ?

6 – Le tonneau

De combien de façons peut-on vider un tonneau de 10 litres avec 2 récipients de capacités respectives de 1 litre et de 2 litres ?

7 – Toujours plus

En mars, j'ai gagné un nombre de francs égal à :

$$1^3 + 2^3 + 3^3 + ... 12^3 + 13^3$$

En février, j'ai gagné :

$$(1 + 2 + 3 + ... + 12 + 13)^2$$

De combien ai-je été augmenté ?

8 – Un travail de Bénédictin

On demande ici de trouver tous les nombres entiers n qui soient tels que la somme :

$$1! + 2! + 3! + ... + n!$$

soit un carré parfait...

9 – Trop de trois !

Vous savez combien il y a de m^2 dans un carré de 33 mètres de côté ?

Vous sauriez même donner la réponse pour un carré de 333 mètres de côté.

Alors que diriez-vous pour un carré de trois cents trente trois millions trois cents trente trois mille trois cents trente trois mètres de côté ???

10 – Trouvez le « truc »

Maurice faisait régulièrement la désolation de tous ses professeurs, et plus particulièrement de ceux de mathématiques. Cependant, lorsqu'il fallait dans un problème trouver à combien s'élève le carré de 35, ou de 75, ou encore de 85, il donnait en une seconde le résultat exact.

Il avait, en effet, un « truc » dont il était très fier : pour élever au carré un nombre de 2 chiffres se terminant par un 5, il multipliait d'abord le chiffre des dizaines par ce même chiffre augmenté de 1, et écrivait 25 à droite du produit ainsi calculé. Par exemple, pour 75^2 il répondait : (7×8) 25 ou 5 625. Expliquez, s'il vous plaît, le « truc » de Maurice.

ÉNIGMES U

1 – Undeutroikatsinksisse

Prenons les 5 premiers chiffres, bien dans l'ordre, on peut les arranger avec quelques symboles d'opération bien choisis pour en faire une égalité. Par exemple :

$12 = 3 + 4 + 5$ $12 - 3 = 4 + 5$ $(1 + 2) \times 3 - 4 = 5$

Le problème est alors de faire la même chose avec les 6 premiers chiffres...

ÉNIGMES V

1 – Veaux, vaches, cochons, poulets

La dot d'une jeune paysanne se compose d'une vache, d'un veau, d'un cochon et d'un poulet. Son fiancé se souvient que 5 vaches, 7 veaux, 9 cochons et 1 poulet coûtent 108 210 F ; il sait aussi qu'une vache vaut 4 000 F de plus qu'un veau, que 3 veaux valent autant que 10 cochons et 3 000 poulets que 5 veaux. Il cherche alors à calculer le montant de la dot de sa bien-aimée. Mais en vain. Sauriez-vous l'aider ?

2 – Les vertus du chiffre 9

Par quel chiffre se termine le nombre

$$N = 99999^{9999^{999^{99^{9}}}}$$

3 – Le village au club

Je suis « gentil organisateur » au village X, pour le club de vacances Y. Quand il fait beau temps, il y a 225 demandes pour une demi-heure de cours de natation, et 9 demandes pour une heure de leçon de bridge. Quand il pleut, il y a 12 demandes pour une demi-heure de cours de natation et 134 demandes pour une heure de leçon de bridge. Or je paie respectivement 300 F l'heure d'un moniteur de natation et 240 F celle d'un professeur de bridge. Le premier donne des cours par groupe de 5, le second par groupe de 3. Et j'ai 3 720 F de budget quotidien pour les payer. Combien d'heures dois-je retenir à l'avance pour chacun de mes 2 moniteurs afin que le nombre de mécontents n'ayant pas eu le cours qu'ils souhaitaient soit le même par beau temps et par pluie ?

4 – LES VŒUX DE MATHUSALEM

Chaque année, depuis l'an 1 de notre ère, Mathusalem qui vit encore envoie ses vœux à son meilleur ami. Si ce dernier change nécessairement au cours des siècles et des décennies, la formule de félicitations employée, au contraire, ne varie pas. Et c'est tout simplement : Bonne Année 1, Bonne Année 2, Bonne Année 3, etc., Bonne Année 1978, Bonne Année 1979.
Quel est le chiffre que Mathusalem a ainsi écrit le moins souvent ?

5 – VOYAGE À SEPT AVEC ÉMILIE

Nous voyageons tous les 7 ensemble pendant une semaine : c'est super-sympa. Chacun de nous dépense 281 F par jour, sauf Émilie qui dépense 119 F de plus que la moyenne générale des 7. Ses 3 000 F d'économie lui suffiront-ils alors pour tout le voyage ?

ÉNIGMES W-Z

1 – WEDDING IN HOSPITAL

Dans un hôpital britannique, on peut lire le faire-part suivant : « The surgeon X and the nurse Y are pleased to announce their forthcoming wedding ». Sachant que, lorsque l'établissement fut ouvert, le fiancé avait l'âge actuel de la fiancée et que le produit des 3 âges (celui des 2 fiancés et celui de l'hôpital) diminué de celui du chirurgien est 1 539, à quelle époque l'hôpital a-t-il été ouvert ?

1 – Les 2 sœurs

2 sœurs ont 4 ans de différence. Si l'on enlève au cube de l'âge de la première le cube de l'âge de la seconde, on trouve 988. Quels sont leurs âges ?

2 – Les 3 générations

J'ai autant de semaines que mon fils a de jours. Mon fils a autant de mois que mon père a d'années. Et tous 3 ensemble nous avons 100 ans. Quel âge avait papa quand mon fils est né ?

3 – 4 dont 2

Combien y-a-t-il de nombres à 4 chiffres formés seulement de 3 chiffres différents, car l'un d'eux est redoublé ?

4 – 4 petits gourmands

Caroline, Paul, Florence et Béatrice s'arrêtent à la boulangerie en sortant de l'école. On y trouve 4 chewing-gums pour 1 franc, des coquillages à sucer pour 4 francs pièce et 2 bonbons acidulés pour 1 franc. Ils mettent leurs économies en commun : cela fait 80 francs. Ils dépensent tout et de telle façon que chacun des 4 se trouve en fin de compte avec le même paquet de 20 gourmandises.
Qu'y a-t-il dans chaque paquet ?

5 – 5 mystérieuses inconnues

Il était une fois 5 mystérieuses inconnues x, y, z, t, et u, toutes positives, qui vérifiaient les 5 équations suivantes :
$xy = 1 \quad yz = 2 \quad zt = 3 \quad tu = 4 \quad ux = 6$
Comment trouver la valeur de chacune ?

6 – Les 5 nombres

Sauriez-vous trouver 5 nombres entiers consécutifs qui soient tous positifs et tels que la somme des carrés des 2 plus grands soit égale à la somme des carrés des 3 autres ?

7 – Les 9 cases

Remplissez, s'il vous plaît, les 9 cases suivantes de façon que chacune contienne un chiffre différent des 8 autres, et que les 4 opérations mentionnées soient vérifiées :

$$\begin{array}{ccccc} \square & - & \square & = & \square \\ & & & & \times \\ \square & : & \square & = & \square \\ & & & & = \\ \square & + & \square & = & \square \end{array}$$

8 – Le 14 juillet

Un général constate un jour que l'on obtient le nombre de soldats d'une caserne en ajoutant au nombre de ses bâtiments 3 fois le carré de ce même nombre, puis 2 fois son cube. Il hésite alors à faire défiler tous les soldats de cette caserne par rangées de 6 ou de 7 lors du prochain 14 juillet. Qu'en pensez-vous ?

9 – De 1968 à 1978

Considérez sérieusement cette belle fraction :

$$\frac{7^{1968^{1978}} - 3^{68^{78}}}{1978 - 1968}$$

Est-il possible qu'elle représente tout simplement un (très grand) nombre entier ?

10 – 1980

On dispose les nombres entiers comme suit :

				1			
			2	3	4		
		5	6	7	8	9	
	10	11	12	13	14	15	16
17	18	etc.					

Quels sont les premiers éléments respectifs de la ligne et de la colonne où se trouve le nombre 1980 ?

11 – 12345678987654321

Sauriez-vous trouver la racine carrée du nombre écrit en guise de titre ?

1 – Abdallah dans le désert

Un chameau boit une bonbonne d'eau en 7 jours. Soit le 7ème d'une bonbonne par jour.
Un dromadaire boit une bonbonne d'eau en 5 jours. Soit le 5ème d'une bonbonne par jour.
Un dromadaire boit donc plus qu'un chameau.

2 – Abracadabra

Soit p ce nombre premier inconnu. Nous avons :
$5p + 49 = n^2$ soit $5p = n^2 - 49 = (n-7)\cdot(n+7)$.
Or $n + 7 \neq 5$. Et si $n - 7 = 1$, $n = 8$ et

$$p = (n^2 - 49)/5 = 15/5 = 3,$$

ce qui ne comporte qu'un seul chiffre (impossible).
Donc : $n - 7 = 5$. Soit $n = 12$ et

$$p = (n^2 - 49)/5 = 95/5 = 19.$$

Vérification : $(5 \times 19) + 49 = 12^2$.

3 – Additions et soustractions

Recherche de l'arbre que je préfère :

18	24	**5**	6	**12**
10	11	17	23	4
22	**3**	9	15	**16**
14	**20**	**21**	2	8
1	7	13	**19**	**25**

Lettres décodées :
A = 1 L = 12 T = 20
C = 3 P = 16 U = 21
E = 5 S = 19 Y = 25
Ce qui donne : EUCALYPTUS (avec redoublement du U).

4 – Adorables martiens

Soit b le nombre de bras, j le nombre de jambes et y le nombre d'yeux. Nous avons :
$b + j + bj = 34$ $j + y + jy = 14$
Or $(b + 1)(j + 1) = b + j + bj + 1$.

Donc $(b + 1)(j + 1) = 35$ et de même $(j + 1)(y + 1) = 15$
Donc $(b + 1)(j + 1) = 7 \times 5$ et $(j + 1)(y + 1) = 3 \times 5$
Donc $j + 1 = 5$ et $b + 1 = 7$ et $y + 1 = 3$.
Conclusion, $b = 6$; $j = 4$ et $y = 2$.

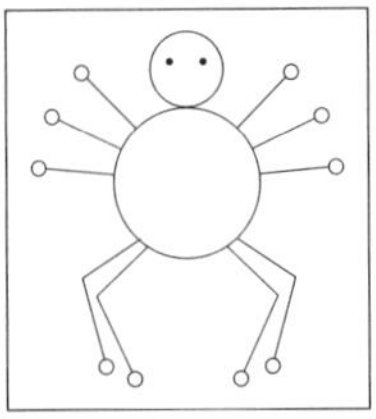

5 – ÂGE CLASSIQUE

Soit d la différence d'âge cherchée entre l'âge du père (p) et celui du fils (f). Nous avons :

$d = p - f$

$(p + d) + (f + d) = 141$

$f = 10\,(f - d)$

Éliminons p :

$2f + 3d = 141$

$9f - 10d$

Éliminons f :

$d = 27$

En conclusion : quand tu est né, mon fils, j'avais 27 ans.

6 – L'ÂGE DU CAPITAINE

Soit $N = 315\,271\,011$. À diviser par 99.

Il est très facile de constater que le reste d'une telle division doit être : $3 + 15 + 27 + 10 + 11$.

Notre capitaine a 66 ans.

7 – À LA CHASSE

De par leur position initiale, les oiseaux pouvaient être au nombre de 3, 6, 10, 15, 21, 28, 36, 45, 55, 66, 78, 91, etc...

10 sont tués. Il en reste suivant le cas 5, 11, 18, 26, 35, 45, 56, 68, 81, etc... La première solution possible pour que les oiseaux reforment 2 triangles équilatéraux avec choix est qu'il en reste 81 volant par groupes de 78 et 3 ou de 66 et 15. Ils étaient donc 91 oiseaux initialement.

8 – À LA MANIF

Soit x le nombre de manifestants. « $x + 1$ » doit être multiple de 2, de 3, de 4, ... de 9.

« $x + 1$ » est ainsi un multiple du plus petit commun multiple de ces nombres, soit un multiple de

$$2^3 \times 3^2 \times 5 \times 7 = 2\,520.$$

Soit $x + 1 = \mathrm{k} \times 2\,520$, k étant un nombre entier. Donc $x = 2\,520\,k - 1$. Comme il y a moins de cinq mille manifestants, $k = 1$. Il y a exactement 2 519 manifestants.

9 – À LA NAISSANCE DU 3ÈME

Soit m l'âge du deuxième, et x la différence d'âge entre deux enfants successifs.

Nous avons :

$$m\,(m + x)\,(m - x) = m + (m + x) + (m - x) = 3m$$

Ou : $m^2 - x^2 = 3$

Liste des carrés des nombres entiers accompagnés de leurs différences successives.

1 – 4 – 9 – 16 – 25 – 36 ... etc.

(3) (5) (7) (9) (11)

Les différences sont croissantes, entre 2 carrés successifs. Donc : $m^2 = 4$ et $x^2 = 1$

Âge de mes enfants : 1, 2 et 3 ans.

Produit des carrés : 36.

Âge de mon mari lors de la naissance du plus jeune : 35 ans.

10 – À LA POSTE

Soit x le nombre de timbres à 5 F, y celui des timbres à 1 F et z celui des timbres à 5 centimes.

Nous avons : $x + y + z = 100$ et $5x + y + 0{,}05z = 100$

x, y et z étant entiers.

$0{,}05z$ est aussi un nombre entier : z est donc un multiple de 20. Soustrayons nos 2 équations :

$$-\,4x + 0{,}95z = 0 \quad \text{ou} \quad 80x = 19z$$

Comme x et z sont compris entre 0 et 100 (bornes non comprises), on en déduit que :

$$z = 80 \quad \text{et} \quad x = 19.$$

Il en résulte que $y = 1$.

11 – ALEXANDRIN POUR ŒUF

Nombre d'œufs restant à distribuer, à la fin : 0 ;

avant la 3e distribution : $(1/2) \times 2 = 1$

avant la 2e distribution : $(1{,}5) \times 2 = 3$

avant la 1re distribution : $(3{,}5) \times 2 = 7$

Le cuisinier avait donc 7 œufs. Il en a donné 4 à la 1re fille, 2 à la seconde et 1 à la dernière.

12 – Alfred

Soit x l'âge d'Alfred et y le mien. Nous avons :
$y = 4[x - (y - x)]$
et $x + y + 2(y - x) = 114$.
Ce qui donne :
$5y = 8x$ et $3y - x = 114$
Soit $3\,(8x/5) - x = 114$.
Alfred a donc 30 ans.

13 – Anne-Cécile et Augustin-Charles

Soit x l'âge d'Anne-Cécile et y celui d'Augustin-Charles.
Nous avons :

$$(x + y)(x^2 - y^2) - xy\,(x - y) = 37.$$

Soit :

$$x^3 - xy^2 + x^2y - y^3 - x^2y + xy^2 = 37.$$

ou : $x^3 - y^3 = 37$.
Or : $2^3 = 8$: $3^3 = 27$; $4^3 = 64$; $5^3 = 125$, etc.
Une différence de 2 nombres entiers au cube ne peut donc être égale à 37 que s'ils s'agit de « 64 – 27 », c'est-à-dire $4^3 - 3^3$.
Anne-Cécile a donc 4 ans, Augustin-Charles en a 3.

14 – Anniversaire d'oncle Paul

Considérons tous les âges de 0 à 99 :

00 – 01 – 02	à	09
10 – 11 – 12	à	19
etc.		
90 – 91 –92	à	99

Cela fait 100 fois 2 chiffres dont la valeur moyenne est : 4,5. Nombre de toutes les bougies nécessaires = somme de tous ces chiffres = $2 \times 100 \times 4{,}5 = 900$.
Il manque 18 bougies (900 – 882 = 18) à oncle Paul pour arriver à ce nombre. Il n'a donc pas encore fêté son 99e anniversaire : il a 98 ans.

15 – Après le premier tour

Le nombre maximal de serrements de main se trouvera au cas où la répartition entre les 10 groupes partisans est aussi inégale que possible : 238 électeurs pour le candidat de tête du premier tour et 1 voix pour chacun des 9 autres candidats. Il y aura alors :

$$\text{MAX} = \frac{237 \times 238}{2} = 28\,203.$$

Le nombre minimal de serrements de main se trouvera au cas où la répartition est aussi égale que possible : 25 électeurs pour chacun des 7 meilleurs candidats et 24 pour chacun des 3 autres. Il y aura donc :

$$\min = 7\times \frac{24\times 25}{2} + 3\times \frac{23\times 24}{2} = 2\,938.$$

Généralisation : pour n personnes formant p groupes :

$$\text{MAX} = \frac{(n-p)(n-p+1)}{2}$$

$$\min \geq \frac{n}{2}\left(\frac{n}{p} - 1\right)$$

16 – Arithmétique anglaise

Numérotons les colonnes :

	6	5	4	3	2	1
	T	W	E	N	T	Y
+	T	W	E	N	T	Y
+	T	W	E	N	T	Y
+				T	E	N
+				T	E	N
=	E	I	G	H	T	Y

nous écrirons en abrégé colonne i : col. i.

Nous convenons de noter r (x) la retenue de x, c'est-à-dire le chiffre des dizaines de l'entier x. Et nous noterons r (col. i) le chiffre des dizaines de la colonne i (à rajouter à la colonne $i + 1$).

Remarque I

Col. 1 : $2N + 3Y = Y + 10\cdot r$ (col. 1)
ou $N + Y = 5$, 10 ou 15.
Donc r (col. 1) = 1, 2 ou 3.

Remarque II

Col. 2 : $3T + 2E + r$ (col. 1) = $T + 10\cdot r$ (col. 2)
ou $2T + 2E + r$ (col.1) = $10\cdot r$ (col. 2).
Donc r (col. 1) est pair. Donc :
r (col. 1) = 2, $N + Y = 10$ et $T + E = 5\cdot r$ (col. 2) – 1
ou $T + E = 4{,}9$ ou 14.
Mais (col. 6), on a : $3T < 10$ ou $T \leq 3$.
Donc $T + E = 4$ ou 9.

Remarque III

Col. 6 : $E = 3T + r$ (3W).
Mais $T + E = 4$ ou 9.
Donc : $4T + r\,(3W) = 4$ ou 9.

Mais $r\,(3W) \leq 2$. D'où les 2 possibilités restantes :
1) $4T + r\,(3W) = 9$. Donc

$$r\,(3W) = 1 \quad \text{et} \quad T = 2.$$

$E = 6 + 1 = 7$; $r\,(3E) = 2$. Donc (col. 5) :

$$3W + 2 = 1 + 10, \quad 3W = 1 + 8.$$

Donc $I = 1, 4$ ou 7. Mais $E = 7$. Donc $I = 1$ ou 4 et $W = 3$ ou 4.
Si $W = 4$, $I = W$; impossible.
Si $W = 3$, $I = 1$, $T = 2$, $E = 7$ et N ou $Y = 4$ ou 6.
Si $N = 4$, $H = 8$, $Y = 6$, $G = 2$; impossible.
Si $N = 6$, $H = 4$, $Y = 4$: impossible.
Il est par conséquent impossible que $4T + r\,(3W) = 9$.
2) $4T + r\,(3W) = 4$. Donc :

$$r\,(3\text{W}) = 0 \quad \text{et} \quad T = 1.$$

$E = 3$; $r\,(3E) = 0$; et r (col. 4) $= 0$ ou 1.
$3W + (0 \text{ ou } 1) = I + 10\,r\,(\text{col. } 5) = I + 10\,(0 \text{ ou } 1)$.
Il faut donc : $W \leq 3$. Or 1 et 3 sont des valeurs déjà prises. Et si $W = 0$, $I = 0$ aussi, ce qui est impossible. Alors, la seule valeur possible pour W est 2.
Si $N = 6$, on voit (col. 3) que $H = 1$: impossible.
Si $N = 4$, $H = 5$, $G = 0$ et $Y = 6$. C'est possible.
Vérification :

$$\begin{array}{rcccccc} & 1 & 2 & 3 & 4 & 1 & 6 \\ + & 1 & 2 & 3 & 4 & 1 & 6 \\ + & 1 & 2 & 3 & 4 & 1 & 6 \\ + & & & & 1 & 3 & 4 \\ + & & & & 1 & 3 & 4 \\ \hline = & 3 & 7 & 0 & 5 & 1 & 6 \end{array}$$

17 – Arithmétique espagnole

1) Observons la première colonne :
$C = 1$ puisque $5C < 10$ et $V > 5$.
2) Observons la dernière colonne : $E = 5$ ou 0. Mais E apparaît également dans la deuxième colonne. Comme $5U$ est un multiple de 5, il ne peut y avoir de retenue provenant de la colonne précédente : $A = 0$. Et comme $U \neq 1$ (puisque $C = 1$), alors $E = 5$, car si on avait « $E = 0$ », E serait égal à A. Donc U et « O » sont impairs.
3) Observons la troisième colonne. $I \leq 4$ et $T > 3$ puisque la retenue de $5T$ est $I \neq (0 \text{ ou } 1)$. Donc $I = 2, 3$ ou 4.
Si $U = 9$, alors $V = 5 + \text{retenue de } (5 \times 9) = 9 = U$: impossible.
Donc $U = 3$ ou 7 et $V = 6$ ou 8 et « O » $= 3, 7$ ou 9.

4) Si $I = 4$, $T = 9$ (voir col. 3-4) donc $O = 9$ (voir col. 5-6) ce qui est impossible.
5) Si $I = 3$, $T = 6$ ou 7 (4e colonne) = mult. 5 + (1 ou 2). Donc (dernière colonne) « O » = 3 = I : impossible.
Donc $I = 2$ et $T = 4$ et « O » = 9.
Donc R pair : $R = 6$ ou 8. Si $R = 8$, $N = 4 = T$: impossible.
Donc $R = 6$. Donc V ne peut valoir que 8 et $U = 7$.
Vérification :

$$170\,469 \times 5 = 852\,345.$$

18 – ARTIHMÉTIQUE ET DEVINETTE

Les chiffres 1, 6 et 9 associés donnent 3 carrés parfaits :

$$169 = 13^2 \; ; 196 = 14^2 \; ; 961 = 31^2$$

Nous avons donc affaire ici au nombre 14.

19 – AU CM1

D'après la première partie de la donnée, nous avons la répartition suivante :

gauche	droite
n filles	n filles
n garçons	n garçons

Nombre total d'enfants : $4n$.
D'après la deuxième partie de la donnée, nous pouvons préciser ces répartitions comme suit :

gauche	droite
n' filles	n' filles
$n - n'$ filles	$n - n''$ garçons
n'' garçons	n'' garçons
$n - n''$ garçons	$n - n'$ filles

avec $n' + n'' = (n - n') + (n - n'')$
et $n - n'' = n - n'$
On en déduit : $n' = n'' = n/2$.
$(n/2)$ est donc un nombre entier.
Nombre total d'enfants : $8n/2$.
C'est donc un multiple de 8.
Etant compris entre 20 et 30, ce nombre ne peut être que 24.

20 – Au garage

Soit d le nombre de voitures situées à droite de celle de M. Dupont. Soit g le nombre de voitures situées à gauche. Nous avons :

$$d + g = 11 - 1 = 10$$

et $$dg - (d + 3)(g - 3) = 3.$$

Cette dernière équation s'écrit :

$$g - d = 2.$$

En reconsidérant alors la première équation, on en déduit : $d = 4$ et $g = 6$. La voiture de M. Dupont est donc la cinquième à partir de la droite ou la septième à partir de la gauche.

21 – Augustin et moi

Soit a l'âge d'Augustin et m mon âge. Nous avons :

$$(a^2 - 49)/5 = m \text{ (nombre premier)}$$

ou $5m = (a - 7)(a + 7)$

Nous ne pouvons avoir :

$$a + 7 = 5 \quad \text{ou} \quad a + 7 = 1$$

Donc, il reste 2 solutions :

1) $a + 7 = 5m$ et $a - 7 = 1$

Soit $a = 8$. Donc $m = 15/5 = 3$.

Ceci n'est pas possible puisque $m > a$ (Augustin est mon petit frère).

2) $a + 7 = m$ et $a - 7 = 5$

Soit $a = 12$ et $m = 19$.

J'avais donc 7 ans quand Augustin est né.

22 – Au marché

Soit x le prix initial d'un poussin.

Soit d et u les chiffres respectifs des dizaines et des unités du prix total initial. Nous avons :

$$10x = 10d + u.$$

$$5(x - 0{,}5) = 10u + d.$$

Ce qui donne :

$$5x = 9(d - u) - 2{,}5.$$

Soit k la différence « $d - u$ ». Nos 2 prix totaux successifs s'écrivent alors :

$$\text{« } 18k - 5 \text{ »}$$

et $$\text{« } 9k - 5 \text{ »}$$

avec $k \in \{1, 2, 3, 4, 5\}$.

5 essais successifs montrent clairement que la seule solution est « $k = 2$ » (31 et 13 F de prix totaux). Le prix de chaque poussin est donc 3,10 F puis 2,60 F.

23 – Au restaurant

Soit F le nombre de francs initial.
Soit C le nombre de centimes initial.
Soit F' le nombre de francs restant après le déjeuner.
Soit C' le nombre de centimes restant après le déjeuner.
Puisqu'il reste 5 fois moins d'argent qu'au départ, nous avons l'équation :

$$100F + C = 5\,(100\,F' + C').$$

D'autre part, nous savons que :

$$C' = F \quad \text{et} \quad F' = C/5.$$

De ce système de 3 équations à 4 inconnues, nous tirons aisément :

$$C = (95/99)\,F.$$

Or le nombre de centimes est entier, et inférieur à 100. Le nombre F de francs initial ne peut donc être que : 99 F.

24 – Au salon de thé

Soit c le prix d'un chocolat, m celui d'un millefeuilles et t celui d'un thé. Entre les totaux de la semaine dernière et celui d'il y a 3 semaines, on trouve une différence de 4 francs et 50 centimes, ce qui correspond à 3 différences entre thé et chocolat, soit à 3 fois 1 franc 50.
Nous avons ainsi : $t = c - 1{,}50$
Comparons alors les notes des 2 premières semaines :
$3c + 2m = c + 3m + t$
$(c + 2m) + 2c = (c + 2m) + t + m$
Soit : $2c = (c - 1{,}50) + m$
ou : $m = c + 1{,}50$
Considérons à nouveau le prix payé il y a 3 semaines :
$3c + 2m = 3c + 2(c + 1{,}50) = 55{,}50$
Soit : $5c = 52{,}50$ et $c = 10{,}50$.
Donc : $m = 10{,}50 + 1{,}50 = 12$.
Prix à payer par Olivia, Florence et Élizabeth aujourd'hui : $3m + 3c = 67{,}50$ francs (22 francs et 50 centimes pour chacune).

25 – Au voleur, à l'assureur

Soit n un nombre entier quelconque. Nous allons démontrer que $n^7 - n$ est un multiple de 7, pour tout n.
Soit $y = n^7 - n = (n^3 + 1\,) \times (n^3 - 1) \times n$
Il y a trois cas possibles :
1) n est un multiple de 7. Alors y l'est aussi.

2) n est un multiple de 7 augmenté de 1, 2 ou 4. Alors $n^3 - 1$ est un multiple de 7 et y aussi.
3) n est un multiple de 7 augmenté de 3, 5 ou 6. Alors $n^3 + 1$ est un multiple de 7 et y aussi.
Dans tous les cas, y est multiple de 7.
Le reste de la division par 7 est donc 0.
Cette propriété ($n^p - n$ divisible par p) est d'ailleurs vérifiée pour tout p entier.
En conclusion, il ne faut surtout pas accepter un tel dédommagement : il est NUL.

26 – L'AVARE

Si Harpagon possédait un louis de plus, ce nombre serait multiple à la fois de 2, 3, 4, 5, 6 et 7. Ce serait donc un multiple de leur PPCM : 420. Puisque notre avare possède moins de 500 louis, ce multiple ne pourra être que 420 lui-même : Harpagon possède donc 419 louis.

27 – AVEC DES 1 ET DES 2

$$
\begin{aligned}
\underbrace{11\ldots1}_{2n \text{ fois}} - \underbrace{22\ldots2}_{n \text{ fois}} &= \underbrace{11\ldots1}_{n\ldots}\underbrace{11\ldots1}_{n} - 2[\underbrace{11\ldots1}_{n}] \\
&= \underbrace{11\ldots1}_{n}\underbrace{00\ldots0}_{n} - \underbrace{11\ldots1}_{n} \\
&= \underbrace{11\ldots1}_{n}\cdot[\underbrace{100\ldots0}_{n} - 1] \\
&= \underbrace{11\ldots1}_{n}\cdot[\underbrace{99\ldots9}_{n}] \\
&= \underbrace{11\ldots1}_{n}\cdot 9 \cdot \underbrace{11\ldots1}_{n} \\
&= 3^2 \cdot [\underbrace{11\ldots1}_{n}]^2 \\
&= [\underbrace{33\ldots3}_{n}]^2.
\end{aligned}
$$

Exemple : $11 - 2 = 9 = 3^2$.

SOLUTIONS

B

1 – Le baptême de Clovis

Non. Il s'agit en fait d'une relation valable pour tout nombre à 3 chiffres. En effet, prenons un nombre à 3 chiffres quelconque : « *abc* ».

Ecrit 2 fois côte à côte, il donne : « *abcabc* » soit :

$$a \times 10^5 + b \times 10^4 + c \times 10^3 + a \times 10^2 + b \times 10 + c$$

ce qui équivaut à :

$$a \times 10^2(10^3 + 1) + b \times 10(10^3 + 1) + c \times (10^3 + 1)$$

soit encore : 1 001 × « *abc* ».

Or 1 001 = 7 × 11 × 13.

On a donc bien, quels que soient les chiffres a, b et c

$$\frac{\text{« } abcabc \text{ »}}{7} = \frac{1\,001 \times \text{« } abc \text{ »}}{7} = 143 \times \text{« } abc \text{ »}$$

$$\frac{143 \times \text{« } abc \text{ »}}{11} = 13 \times \text{« } abc \text{ »}$$

$$\frac{13 \times \text{« } abc \text{ »}}{13} = \text{« } abc \text{ »}.$$

On retrouve bien le chiffre initial, lors de chaque division, le reste est nul.

2 – Basse-cour aéronautique

Soit x, y et z les vitesses respectives du chat, de la souris et du cochon en km/h. ($x + y$: vitesse du chien ; $y + z$: vitesse du cheval ; $z + x$: vitesse du lapin).

Vitesse d'Hermès : $(x + y)(y + z)(z + x)$.

Vitesse d'Ariane : $8xyz$.

Pour comparer les deux vitesses, faisons leur différence D :

$D = (x + y)(y + z)(z + x) - 8xyz$

$D = 2xyz + xy^2 + yz^2 + zx^2 + xz^2 + xy^2 + yx^2 - 8xyz$

$D = xy^2 + yz^2 + zx^2 + xz^2 + zy^2 + yx^2 - 6xyz$

$D = (xy^2 + xz^2 - 2xyz) + (yz^2 + yx^2 - 2xyz)$
$\quad + (zx^2 + zy^2 - 2xyz)$

$D = x(y - z)^2 + y(z - x)^2 + z(x - y)^2$.

D est positif (ou nul).

La vitesse d'Hermès est donc supérieure (ou égale) à celle d'Ariane.

3 – BAT - BIGA- HIRU

ZORTZI = 8	BAT = 1	SEI = 6
HIRU = 3	BOST = 5	ZAZPI = 7
LAU = 4	BEDERATZI = 9	BIGA = 2

Total 15 = HAMMABOST

4 – La bataille de Marengo

Supposons que ce nombre *N* soit inférieur à 10 000 *. Il s'écrit alors *N* ou « *mcdu* », *m* étant le chiffre des miliers, *c* celui des centaines, *d* des dizaines et *u* des unités.

Nous avons :

$$N = « mcdu » = 1\,000m + 100c + 10d + u$$
$$= (996m + 96c + 6d) + (4m + 4c + 4d + u)$$

Or, par hypothèse, la seconde parenthèse représente un multiple de 6. D'autre part, 996, 96 et 6 sont aussi des multiples de 6.

N est donc lui-même un multiple de 6 : les soldats pourront arriver par rangées de 6 (ou de 3 bien sûr).

* Une généralisation serait aisée pour un nombre supérieur à 10 000.

5 – Un bel anniversaire

Nombre de repas par an :

$$365 \times 4 = 1\,460$$

(ou 1 464 pour les années bissextiles).

Cela fait une moyenne de 1 461 repas par an.

Nombre d'années correspondantes :

$$100\,000/1\,461 = 68{,}45.$$

Ajoutons 17 mois, ou 1,42 an, cela fait :

$$68{,}45 + 1{,}42 = 69{,}87.$$

Je vais donc fêter mes 70 ans.

6 – Belle-maman, la cadette et le petit dernier

Les restes de la division d'une puissance quelconque de 37 par 11 ne peuvent être que : 4, 5, 3 et 9. En effet :

$37^0 = \text{multiple de } 11 + 1$
$37 = \text{multiple de } 11 + 4$
$37^2 = \text{multiple de } 11 + 5$
$37^3 = \text{multiple de } 11 + 9$
$37^4 = \text{multiple de } 11 + 3$
$37^5 = \text{multiple de } 11 + 1$, etc.
et plus généralement :
$37^{\text{mult.5}} = \text{mult. } 11 + 1$
$37^{\text{mult.5+1}} = \text{mult. } 11 + 4$
$37^{\text{mult5+2}} = \text{mult. } 11 + 5$
$37^{\text{mult5+3}} = \text{mult. } 11 + 9$
$37^{\text{mult.5+4}} = \text{mult. } 11 + 3$
De même, les restes de la division d'une puissance quelconque de 32 par 7 ne peuvent être que 1, 2 ou 4.
L'âge du petit dernier étant compris dans chacune de ces deux séries de possibilités, c'est 4 ou 1 : mon benjamin a 4 ans (puisqu'il va à l'école).

7 – La belle Théodora Borgward

Soit l'âge de Théodora. Nous avons :

$$([(x-8)/5]^2 + 23)/12 + 8 = 20$$

Soit $x = 63$.
Rajeunissement : 43 ans. Prix d'une année en moins : 387 817/43 = 9 019 dollars.

8 – Un bon arrière-grand-père

Soit n ce nombre inconnu. L'arrière-grand-père nous dit que :

$$11 \times n \times 91 = 1\,001\, n = « nn ».$$

Cela nous permet seulement de dire que n est un nombre à 2 chiffres, c'est-à-dire qu'il est compris entre 10 et 99.
L'arrière-grand-père est ainsi resté extrêmement peu précis sans en avoir l'air.

9 – Bonne année 1989 !

Préliminaire : Calculons la somme S_n des n premiers nombres entiers :

$$S_n = 1 + 2 + 3 + \ldots + (n-1) + n$$
$$= n + (n-1) + (n-2) + \ldots + 2 + 1$$
$$2S_n = (n+1) + (n+1) + (n+1) + \ldots$$
$$\ldots + (n+1) + (n+1) = n(n+1)$$

Donc : $1 + 2 + \ldots + n = n\,(n+1)/2$

Première hypothèse :
Tous les signes sont des +. On a alors :

$$1 + 2 + \text{etc...} + 101 = 101 \cdot (101 + 1)/2 = 5\,151$$

Excès par rapport à 1989 : 3 162.
Deuxième hypothèse
Les n premiers signes sont des –, les suivants sont des +. Nous voulons baisser notre résultat précédent de 3 162. Il faut donc que la somme des n premiers nombres choisis fasse approximativement la moitié de 3 162, soit : 1 581.
D'où l'équation :

$$n(n + 1)/2 = 1\,581 \text{ ou } n^2 + n - 3\,162 = 0.$$

Discriminant de cette équation du second degré :

$$1 + 4 \cdot 3162 = 12\,649 = 112{,}47^2$$

racine positive de l'équation :

$$n = \frac{-1 + 112{,}47}{2} = 55{,}74$$

La somme des 56 premiers nombres entiers est égale à :

$$56 \cdot 57/2 = 1\,596$$

La somme des nombres entiers de 57 à 101 est donc :

$$5\,151 - 1\,596 = 3\,555$$

La somme totale selon notre deuxième hypothèse est donc :
$- 1 - 2$ etc... $- 56 + 57 + 58 +$ etc... $+ 101$
$= - 1\,596 + 3\,555 = 1\,959.$
Il manque 30.
Troisième hypothèse :
Les p premiers signes sont des +, puis on trouve des – jusqu'à 56, ce sont ensuite des + jusqu'à 101. Nous voulons augmenter notre résultat précédent de 30. Il faut donc que la somme des p premiers nombres entiers choisis fasse approximativement la moitié de 30, soit 15. Le résultat est évident :
c'est $1 + 2 + 3 + 4 + 5$.
Conclusion et solution :
$1 + 2 + 3 + 4 + 5 - 6 - 7 - 8$ etc... $- 56 + 57 + 58$
$+ 59 +$ etc... $+ 100 + 101 = 15 - 1\,581 + 3\,555 = 1\,989$
Remarque : il existe de multiples solutions.

10 – Bonne année 1991 !

Observons que :
$3^0 = 1$; $3^1 = 3$; $3^2 = 9$: $3^3 = 27$; $3^4 = 81$; $3^5 = 243$; $3^6 = 729$; $3^7 = 2\,187$; $3^8 = 6\,561$; $3^9 = 19\,693$
et ainsi de suite, les puissances successives de 3 se ter-

mineront toujours par 1, 3, 9, 7, 1, 3, 9, 7, 1 etc. 1 991 étant un multiple de 3 augmenté de 2, $3^{1\,991}$ se terminera par 9.

11 – Bonne année 1994 !

Cette énorme suite de multiplication de nombres impairs comportant le chiffre 5, se terminera donc nécessairement par 5.

12 – Bonsoir monsieur, bonsoir madame

Soit n le nombre de couples présents. Chaque personne échange $2(n-1)$ poignées de main. Ce qui fait en tout :

$$\frac{2n \cdot 2(n-1)}{2} = 112$$

(nous divisons par 2 puisque, autrement, chaque poignée de main serait comptée 2 fois).
D'où l'équation :

$$n^2 - n - 56 = 0$$

ou : $$(n-8)\cdot(n+7) = 0.$$

La seule solution acceptable est, bien sûr : $n = 8$. Nous étions 16 à cette réception.

SOLUTIONS C

1 – Les caramels

Soit x le nombre de caramels qu'il reste à chacun.
Soit y le nombre de caramels mangés par l'aîné (ou par le troisième).
Nombre de caramels mangés par le second : x.
Nombre de caramels mangés par le quatrième :

$$y + x + y.$$

Donc, nombre de caramels mangés en tout :

$$y + x + y + (x + 2y) = 3x + 4y.$$

D'autre part nous savons que le nombre de caramels restants est : $4x$.

Il en résulte : $4x + (2x + 4y) = 26$
ou $6x + 4y = 26$.
Or x et y sont des nombres entiers positifs, différents de 1. Il est alors aisé de constater que la seule décomposition possible est : $x = 3$ et $y = 2$.
L'aîné avait donc 5 caramels, le second 6, le troisième 5 et le quatrième 10.

2 – Caroline, Paul, Florence et Béatrice

Âge total des 4 enfants : $10 \times 4 = 40$
Âge total de mes 3 filles : $11 \times 3 = 33$
Âge de Paul (ou Caroline) : $40 - 33 = 7$
Âge total de Béatrice et Florence : $33 - 7 = 26$
Âge de Béatrice : $(26 - 4) / 2 = 11$
Âge de Florence : $11 + 4 = 15$
C'est l'aînée. Elle avait 8 ans quand sont nés les jumeaux. C'est la plus grande différence d'âge que l'on puisse trouver entre 2 de mes enfants.

3 – Carré

Nous observons d'abord que le carré d'un nombre entier se termine obligatoirement par l'un des chiffres 0, 1, 4, 5, 6 ou 9. En outre, le carré d'un nombre entier est un multiple de 4 (si le nombre est pair) ou un multiple de 4 majoré de 1 (si le nombre est impair). Nous constatons alors que les nombres se terminant par 11, 55, 66 ou 99 ne sont ni des multiples de 4 ni des multiples de 4 majoré de 1. Il ne nous reste à examiner que le cas des nombres se terminant par 44, et donc par 444. Une exploration rapide montre que, si 444 n'est pas lui-même un carré, 1 444 en revanche est le carré de 38.
Il existe donc des nombres dont le carré se termine par 3 chiffres différents de 0.

4 – Casse-tête

Soit x l'âge de Martin, soit y celui de Martine. Ce que dit Martin à Martine peut se résumer par l'équation :

$$x = 3[y - (x - y)],$$

soit $4x = 6y$ ou $2x = 3y$.
Ce que répond Martine à Martin peut se résumer par l'équation :

$$x + [x + (x - y)] = 77,$$

soit $3x = y + 77$.

Remplaçons dans la première équation y par $3x - 77$:

$$2x = 3\,(3x - 77),$$

c'est-à-dire $7x = 3 \times 77$ d'où $x = 33$.
y, qui vaut $3x - 77$, est donc égal à 22.
Martin a 33 ans, Martine en a 22.

5 – Celui du milieu

Soit X cet âge inconnu. Âge de l'aîné : $X + 6$.
Âge du dernier : $X - 6$. D'où l'équation :

$$X + 6 = 7\,(X - 6). \text{ Soit } X = 8.$$

L'âge de celui du milieu est donc de 8 ans.

6 – Un charabia arithmético-religieux

Il s'agit de comparer le reste de

$$\frac{10^{1981} - 3}{7} \quad \text{avec} \quad 12 - (4 \times 3) = 0.$$

10^1 = multiple de 7 + 3 = multiple de 7 + 3
10^2 = multiple de 7 + 30 = multiple de 7 + 2
10^3 = multiple de 7 + 20 = multiple de 7 + 6
10^4 = multiple de 7 + 60 = multiple de 7 + 4
10^5 = multiple de 7 + 40 = multiple de 7 + 5
10^6 = multiple de 7 + 50 = multiple de 7 + 1
10^7 = multiple de 7 + 10 = multiple de 7 + 3
etc.
et $10^{\text{mult.}6+1}$ = multiple 7 + 3.
Or 1981 = multipe 6 + 1.
Donc : 10^{1981} = multiple de 7 + 3 et la division :

$$« \frac{10^{1981} - 3}{7} » \text{ donne un reste de 0.}$$

Les 2 expressions à comparer sont égales, nulles toutes deux.

7 – Charles-Edouard

Soit c l'âge de Charles-Edouard.
J'ai donc : $c + 12$
Par conséquent : $(c + 12) = 2\,(c - 12)$
Donc $c = 36$.
J'ai donc 48 ans.

8 – Le château de cartes

Remarquons en premier lieu que, dans tout château de cartes, tout étage comporte 3 cartes de plus que l'étage qui est immédiatement au-dessus de lui.

Comptons alors le nombre de cartes nécessaires par étage et en tout :

dernier :	2	→	2
précédent :	5	→	7
.... :	8	→	15
.... :	11	→	26
.... :	14	→	40
.... :	17	→	57

Stop : Avec 52 cartes, cela fait 5 étages.

9 – Les chauves-souris, les ours et les éléphants chinois

Soit y la quantité absorbée chaque jour par un éléphant, x par une chauve-souris, z par un Chinois et t par un ours.
Nous cherchons y en fonction de x et nous savons que :
$17t = 170z$, $100\,000x = 50z$, $10t = 4y$,
ou : $t = 10z$, $z = 2\,000x$, $y = 5/2t$
donc : $y = (5/2) \times 10 \times 2\,000x = 50\,000x$.
Une douzaine d'éléphants représente donc l'équivalent de 600 000 chauves-souris.

10 – Cher grand-père

Soit p, m et g les âges respectifs de papa, de maman et de grand-père.
Nous avons :

$$g = p + m \text{ et } g^2 - p^2 - m^2 = 1\,798.$$

Donc : $(p + m)^2 - p^2 - m^2 = 1\,798$.
Soit : $2pm = 1\,798$ et $pm = 899 = 29 \times 31$.
L'âge de mon grand-père est donc :

$$29 + 31 = 60 \text{ ans.}$$

11 – Combien d'enfants étiez-vous ?

Le nombre de mes sœurs est donc un multiple de 3 et aussi un multiple de 2. C'est donc un multiple de 6.
Nombre total d'enfants : (multiple de 6) × (1 + 1/2) + 1.
Ce nombre devant être strictement inférieur à 19, il en résulte que ce multiple de 6 est précisément 6.
J'avais ainsi 6 sœurs et 3 frères : nous étions 10 enfants en tout.

12 – Compagnie aérienne

Soit n le nombre de villes actuellement desservies. Nombre de vols correspondants : $n \cdot (n - 1)$ puisque chaque ville est reliée aux $n - 1$ autres villes du réseau. Nombre de vols prochains : $(n + k) \cdot (n + k - 1)$, k étant le nombre de villes supplémentaires. Nous avons donc :

$$(n + k).(n + k - 1) - n.(n - 1) = 76 = 4 \times 19.$$

Il en résulte : $k\ (k + 2n - 1) = 4 \times 19$, c'est-à-dire : ou bien $k = 2$, ou bien $k = 4$.

Mais si $k = 2$, $k + 2n - 1 = 38$, donc $2n - 1 = 36$, ce qui est impossible puisque $2n - 1$ doit être impair. Il en résulte que seule la seconde possibilité est envisageable ($k = 4$). On a alors $k + 2n - 1 = 19$. Dont $n = 8$. 8 villes sont actuellement desservies, 12 le seront l'an prochain.

13 – La composition de latin

Soit g la plus grande des 2 notes et p la plus petite. Nous avons :

$$g - \frac{p}{3} = 3\left(p - \frac{p}{3}\right).$$

Il en résulte : $g = 7\,p/3$.

Si $g = 7$ et $p = 3$, Michel a moins de la moyenne, ce qui est contraire à l'hypothèse. La seule solution possible est donc :

$$g = 14 \quad \text{et} \quad p = 6.$$

C'est-à-dire : Michel a 14 et Claude 6.

14 – Compter avec ses doigts

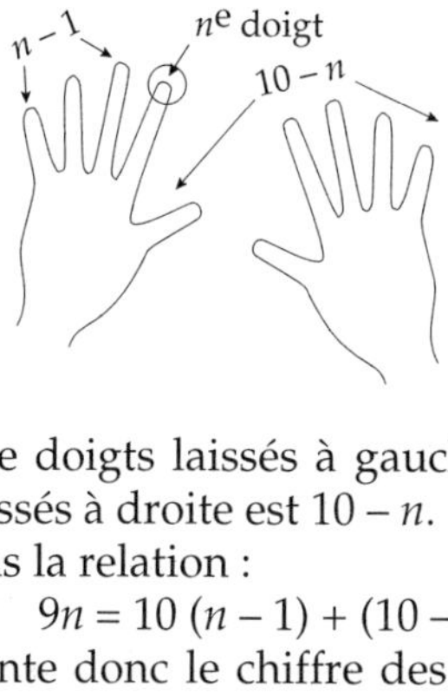

Le nombre de doigts laissés à gauche est $n - 1$. Celui des doigts laissés à droite est $10 - n$.

Or nous avons la relation :

$$9n = 10\ (n - 1) + (10 - n).$$

$n - 1$ représente donc le chiffre des dizaines et $10 - n$ celui des unités.

15 – Contes de fées au carré

Soit b l'âge de Blanche-Neige et B celui de Barbe-bleue. Nous avons :

$$b + 4b^2 = B^2$$

Donc : $4b^2 < B^2 < 4b^2 + 4b + 1$

Ou $(2b)^2 < B^2 < (2b + 1)^2$

Soit : $2b < B < 2b + 1$

B est strictement compris entre 2 nombres entiers successifs : il n'est donc pas un nombre entier. Barbe-Bleue n'a donc jamais existé. Il ne faut pas croire aux contes de fées.

16 – Cot-cot-codet

Commençons par calculer les 11 premières puissances de 5 : 1, 5, 25, 125, 625, 3 125, 15 625, 78 125, 390 625, 1 953 125, 9 765 625.

Cette dernière puissance de 5 se trouve 4 fois dans le nombre exprimé par la poule : $C = 4$.

Dans ce qui reste alors, 5^9 se trouve une fois : $O = 1$.

Dans ce qui reste encore, 5^8 ne se trouve aucune fois : $T = 0$.

Puis on retrouve avec les 3 symboles suivants, les mêmes valeurs que précédemment. Et on continue terme à terme jusqu'à trouver ainsi : $D = 3$ et $E = 2$.

Remarque : 41 348 460 en base 10 s'écrit 41 041 041 320 en base 5.

17 – Courses de chevaux

Avoir après le sixième cheval : 0. Avoir après le cinquième cheval : 60 F de plus = 60.

Avoir après le quatrième cheval : la moitié en moins = 30. Avoir après le troisième cheval : 60 F de plus = 90.

Avoir après le deuxième cheval : la moitié en moins = 45. Avoir après le premier cheval : 60 F de plus = 105.

Avoir avant le premier cheval : la moitié en moins = 52,50.

J'avais 52 francs et cinquante centimes en arrivant à l'hippodrome de Longchamp.

18 – La crapette

Si aucune case n'est disponible, on peut transférer 1 carte : $P_0 = 1 = 2^0$.

Si une case est disponible, on peut transférer 2 cartes : $P_1 = 2 = 2^1$.

Si 2 cases sont disponibles, on peut transférer 4 cartes : $P_2 = 4 = 2^2$.
Si 3 cases sont disponibles, on peut transférer 8 cartes : $P_3 = 8 = 2^3$.
Si 4 cases sont disponibles, on peut transférer 16 cartes : $P_4 = 16 = 2^4$.
Pour transférer les 11 cartes demandées, il faudra donc plus de 3 cases ($8 < 11$) ; 4 cases suffiront puisque $11 < 16$.
Généralisons par récurrence : supposons que n cases permettent le transfert de 2^n cartes. Alors, avec $(n + 1)$ cases, on peut mettre provisoirement 2^n cartes sur la $(n + 1)$-ième case libre, 2^{n-1} sur la n-ième case libre, etc... 2 cartes sur la 2e case libre et une sur la 1re. Après quoi, on peut « monter » une dernière carte sur la case A choisie initialement (celle qui contenait le roi rouge dans l'exemple ci-dessus). Puis l'on « montera » successivement le contenu de la 1re case, celui de la 2e, etc... celui de la n-ième et de la $(n + 1)$-ième. Il en résulte :

$$\begin{aligned} P_{n+1} &= 1 + 1 + 2 + 4 + \ldots + P_{n-1} + P_n \\ &= 1 + (2^{n+1} - 1) = 2^{n+1}. \end{aligned}$$

19 – Le cube parfait

Soit x ce nombre inconnu compris entre 10 et 99 :

$$\text{« } xxx\,1 \text{ »} = 100\,000x + 1\,000x + 10x + 1 = N^3.$$

N étant un nombre entier : $101\,010x + 1 = N^3$.
N est donc compris entre 101 et 215.
N^3 finit par 1. Donc N aussi et $N - 1$ est un multiple de 10 :

$$101\,010x = N^3 - 1 = (N - 1)(N^2 + N + 1)$$

$$\underbrace{101\,010}_{\substack{\text{multiple}\\ \text{de 10 et de 3}\\ \text{donc de 30}}}\ x = \underbrace{(N-1)\,N(N+1)}_{\substack{\text{multiple}\\ \text{de 3 et de 10}\\ \text{donc de 30}}} + \underbrace{(N-1)}_{\substack{\text{multiple}\\ \text{de 10}}}$$

$N - 1$ est ainsi un multiple de 30 et N = multiple de 30 + 1

$$N \in \{121, 151, 181, 211\}.$$

4 élévations au cube successives montrent que l'on a forcément : $N = 211$ avec $N^3 = 9\,393\,931$ et $x = 93$.

20 – Les cubes de Cunégonde

Etudions les rangements possible des différents châteaux de Cunégonde :

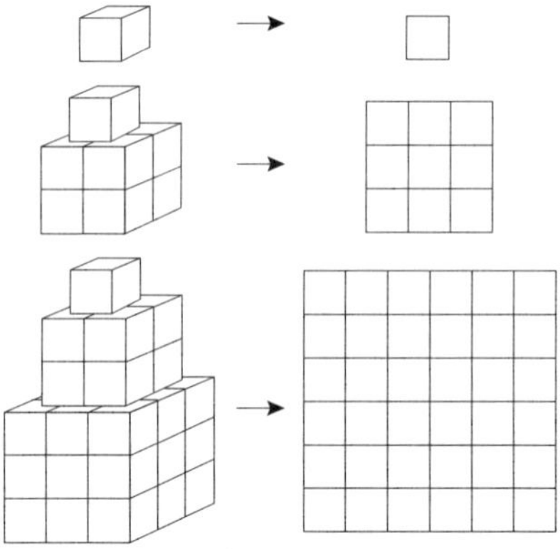

Car $1^3 = 1^2$

Car $1^3 + 2^3 = (1 + 2)^2$

Car $1^3 + 2^3 + 3^3$
$= (1 + 2 + 3)^2$

etc.
Soit $1^3 + 2^3 + 3^3 + ... + n^3 = (1 + 2 + 3 + ... + n)^2$
Une simple récurrence nous montre que cette propriété est valable quelque soit n. Cunégonde rangera donc ses cubes dans une boîte carrée ayant 84 cm de côté.

SOLUTIONS D

1 – Une date célèbre

Soit x cette date inconnue.
Nous avons :

$$(2x/101)^5 : 243 = 100\,000$$

ou : $(2x/101)^5 = 3^5 \times 10^5$
Donc : $x = 101 \times 3 \times 10/2$
$= 1\,515$
Il s'agit de la bataille de Marignan.

2 – De délicates extractions de racines

$$\begin{aligned}(\sqrt{x-1}-2)^2 &= x-1-4\sqrt{x-1}+4\\ &= x+3-4\sqrt{x-1}\\ (\sqrt{x-1}-3)^2 &= x+8-6\sqrt{x-1}\end{aligned}$$

D'où l'équation :

$$\pm\left[\sqrt{x-1}-2\right]\pm\left[\sqrt{x-1}-3\right]=3$$

C'est-à-dire : $2\sqrt{x-1}-5=3$

ou $-2\sqrt{x-1}+5=3$

Ce qui donne : $\sqrt{x-1}=4$ ou $\sqrt{x-1}=1$

Donc $x = 17$ ou $x = 2$

Somme de ses 2 solutions : 17 + 2 = 19.

3 – Dernière demi-heure à la piscine

Soit a le nombre d'adultes initial, et e celui des enfants. Nous avons :

$$\left(\frac{4}{5}a\right)\times\frac{1}{2}=e\times\frac{1}{3}$$

$$\left(\frac{4a}{5}\right)\times\frac{1}{5}=(e-44)\times\frac{1}{2}$$

Donc $a = 50$ et $e = 60$

Premier reste :

$$\left(a-\frac{a}{5}\right)+(e-44)=40+16=56$$

Deuxième reste :

(40 – 24) adultes et 16 enfants : il reste un enfant par adulte.

4 – Déracinez !

Le calcul donne 9,977 ce qui s'écrit 10 (au dizième près).

Quant au raisonnement mathématique, il permet de dire que s'il y a une limite l à cette expression E, à mesure que l'on ajoute des multiplications par 10 et des signes de racine, elle satisfait l'équation :

$$\sqrt{10l}=l$$

ou $l^2 - 10l = 0$. Ce qui donne bien $l = 10$.

5 – Desertic story

J'ai 2 jambes. Il reste donc 100 pattes pour les animaux. Il y en a 25 par conséquent. Si tous étaient des dromadaires, cela ferait 25 bosses. Il y en a 38 : c'est qu'il y a 13 chameaux (et seulement 12 dromadaires). Les chameaux sont donc plus nombreux que les dromadaires.

6 – Division

Soit D le dividende, d le diviseur, q le quotient et r le reste. Nos hypothèses se traduisent alors par les 2 équations suivantes :

$$D = q \cdot d + r,$$
$$D + 65 = q \cdot (d + 5) + r.$$

Ce qui donne par soustraction :

$$65 = 5q.$$

Il en résulte : $q = 13$.

Exemple :

41	3
11	13
2	

et

106	8
26	13
2	

7 – Dominos en double

Voici une solution parmi d'autres :

1	1	6	6
5			2
5			2
3	3	4	4

SOLUTIONS E

1 – L'école incendiée

Soit c le nombre d'élèves par classe avant l'incendie.
Soit n le nombre des classes qu'il y avait alors.
Nous avons les relations suivantes :

$$nc = (n - 6)(c + 5), \quad nc = (n - 16)(c + 20).$$

Il en résulte :

$-6c + 5n - 30 = 0.$

$-16c + 20n - 320 = 0,$

donc : $c = 25$, $n = 36$.

Le nombre d'élèves de cette école est ainsi de :
$nc = 36 \times 25 = 900$.

2 – Un éléphant pour toute la classe

Si les 27 élèves de la classe étaient tous des filles, cela ferait en tout :

$27 \times 37 = 999$ kilos (moins que Robrouf).

En réalité, certains élèves sont des garçons et pèsent donc moins.

Nous venons de démontrer *a fortiori* que l'éléphant pèse plus que l'ensemble des élèves de la classe.

3 – Elle ou moi

Soit m la moyenne des âges des enfants.

Soit x, y et z chacun de leurs âges.

Je gagne m^3, et mon épouse gagne xyz, avec : $x + y + z = 3\,m$.

Le problème revient donc à étudier le volume d'un parallélépipède dont la somme des 3 côtés est fixée.

Nous savons que, pour un périmètre donné, le rectangle correspondant à la plus grande surface possible est un carré. On démontrerait * de même que, lorsque l'on connaît la somme des 3 dimensions d'un parallélépipède, le plus grand volume que l'on puisse obtenir est celui d'un cube.

Donc : $xyz \leq \left(\dfrac{x+y+z}{3}\right)^3$.

C'est-à-dire : $xyz \leq m^3$.

Conclusion : je gagne plus que ma femme (sauf si nos enfants sont des triplés...).

* Démonstration :

Posons $x = m + a$, $y = m + b$, $z = m + c$.

Supposons $a > 0$ et $b < 0$.

Calculons alors : $xyz = (m + a)\,(m + b)\,(m + c) = m^3 + m^2$ $(a + b + c) + ab\,(m + c) + mc\,(a + b)$

Or $a + b + c = 0$ et $a + b = -\,c$.

Donc : $xyz = m^3 + ab\,(m + c) - m\,c^2$.

Or $a \geq 0$, $b < 0$ et $m + c \geq 0$.

Or $a > 0$, $b < 0$ et $m + c = z \geq 0$.

Donc : $xyz \leq m^3$.

4 – En campagne

Soit x le nombre de soldats par rangée de l'une des légions, $x + 7$ celui de l'autre.

Nous avons : $x^2 + 217 = (x + 7)^2$. Ce qui donne : $x = 12$.

Effectif total du corps d'armée (sans oublier les 2 capitaines) : $12^2 + 19^2 + 2 = 507$.

5 – ÉCHANGES

Soit c, d et u les chiffres respectifs des centaines, des dizaines et des unités. Nous avons les équations suivantes :

$(100c + 10d + u) = (100c + 10u + d) - 45,$

$(100c + 10d + u) = (100d + 10c + u) + 270.$

D'où il en résulte :

$$9d - 9u + 45 = 0, \quad 90c - 90d - 270 = 0.$$

Et par conséquent : $u = d + 5$, $c = d + 3$.

En intervertissant les 2 chiffres extrêmes, la différence sera : $(100u + 10d + c) - (100c + 10d + u)$

$$= 99\,(u - c) = 99\,[(d + 5) - (d + 3)] = 198.$$

Le nombre augmente ainsi de 198.

6 – EN JOUANT AUX CUBES

Explication graphique :

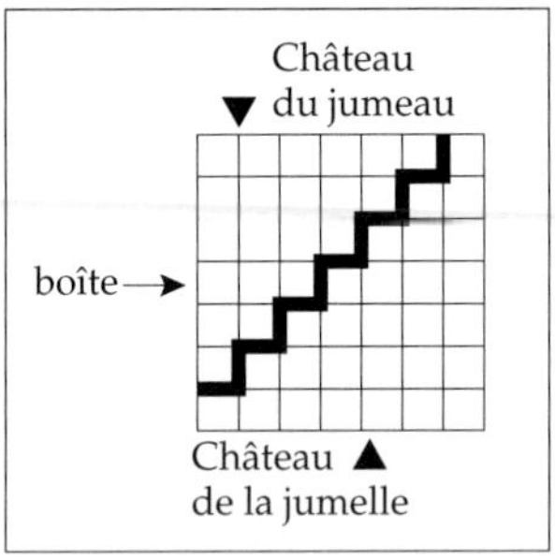

(Nous avons supposé dans ce dessin que le jumeau avait construit 6 étages et la jumelle 7).

Explications théorique :

Soit n le nombre d'étages construits par le jumeau. Pour sa construction, il a employé :

$$1 + 2 + 3 + \ldots + n = \frac{n(n+1)}{2} \text{ cubes.}$$

Sa sœur en a employé :

$$\frac{(n+1)\cdot(n+2)}{2}.$$

Ce qui fait en tout

$$\frac{(n+1)}{2}\cdot(n+n+2) \quad \text{soit} \quad (n+1)^2.$$

Les cubes peuvent ainsi être rangés dans une boîte carrée sans laisser une place libre.

7 – EN PLEINE FORME À 120 ANS

Pas si large que ça. En effet, il faut prévoir 4 enfants de 90 ans, 16 petits-enfants de 60 ans, 64 arrière-petits-enfants de 30 ans et 256 arrière-petits-enfants très jeunes. Total : 1 + 4 + 16 + 64 + 256 = 341.
Un salon de 300 personnes ne suffit donc pas !

8 – ET VIVE L'AN 2000

Soit x le nombre de Chinois et y celui des Hindous.
Nombre d'Européens : $x - y$
Nous avons : $x + y = 5 \times 2\,(x - y)$.
Soit $x + y = 10x - 10y$ ou $9x = 11y$.
Avec 9 fois le nombre de Chinois de l'an 2000, on obtiendra donc 11 fois celui des Hindous.

9 – UNE ÉVIDENCE ÉLÉMENTAIRE

Nous avons :
1) $N = 27\,195^8 - (10\,887^8 - 10\,152^8)$,
or $27\,195 = 3 \times 5 \times 7^2 \times 37$
et $10\,887 - 10\,152 = 735 = 3 \times 5 \times 7^2$.
Donc N est multiple de $3 \times 5 \times 7^2$.
2) $N = (27\,195^8 - 10\,887^8) + 10\,152^8$,
Or : $27\,195 - 10\,887 = 16\,308 = 2^2 \times 3^3 \times 151$ et
$10\,152 = 2^2 \times 3^3 \times 47$.
Donc N est un multiple de $2^2 \times 3^3$.
En conclusion, N est un multiple de $3 \times 5 \times 7^2$ et de $2^2 \times 3^3$. Donc N est un multiple de :
$2^2 \times 3^3 \times 5 \times 7^2 = 26\,460$ (et pas de 16 308).

10 – EXPOSANT X

Posons : $y = \left(\sqrt{2} + 1\right)^x$.

Nous remarquons que :

$$\left(\sqrt{2} + 1\right)\left(\sqrt{2} - 1\right) = 2 - 1 = 1$$

et par conséquent :

$$\left(\sqrt{2} - 1\right)^x = 1/\left(\sqrt{2} + 1\right)^x$$

Nous avons donc : $y + 1/y = 6$ ou $y^2 + 1 = 6y$

Seule solution positive : $y = 3 + 2\sqrt{2}$

Ce qui donne : $\left(\sqrt{2} + 1\right)^x = 3 + 2\sqrt{2} = \left(\sqrt{2} + 1\right)^2$
Il en résulte : $x = 2$.

SOLUTIONS

F

1 – Une famille de 3

Nous nous trouvons devant une seule possibilité :
ma sœur a 1 an ; le chien en a 3 ; j'en ai 9, Maman a 27 ans et Bon Papa 81.
Il avait donc 80 ans quand ma petite sœur est née.

2 – Famille nombreuse

Soit *s* l'âge de Sébastien, soit *f* celui de François-Christophe. *f* est un des facteurs de 264.
s est facteur de 1 000. La somme des 2 facteurs doit être la même (somme des âges de la famille).
$= 1 \times 264 = 2 \times 132 = 3 \times 88$
$= 4 \times 66 = 6 \times 44 = 8 \times 33$
$= 11 \times 24 = 12 \times 22$
Somme des facteurs correspondants :
(265, 134, 91, 70, 50, 41, 35, 34)
et 1 000 $= 1 \times 1\,000 = 2 \times 500 = 4 \times 250$
$= 5 \times 200 = 8 \times 125 = 10 \times 100$
$= 20 \times 50 = 25 \times 40$
somme des facteurs correspondants :
1 001, 1 000, 254, 205, 133, 110, 70, 65
La seule somme commune est 70.
Donc, François-Christophe a 4 ans. Sébastien en a 20. Il avait 16 ans à la naissance de son petit frère.
Remarque : on pourrait trouver de façon analogue que les autres enfants ont respectivement 9, 15, et 17 ans

3 – Ferme arithmétique

Soit *c, v, ch* et *p* les nombres respectifs de cochons, de vaches, de chevaux et de poulets.
Nous avons : $c - v = ch$
et : $v^2 + c^2 - ch^2 = p$.
Soit : $p = v^2 + c^2 - (c - v)^2 = v^2 + c^2 - (c^2 + v^2 - 2cv) = 2\,cv$.
Le nombre de mes poulets est donc pair.

1 – Un grand calcul

Si vous avez un an,

$$E\,(a) = 5^1 + 2{\cdot}3^0 = 7.$$

Le reste de la division par 8 est 7.

Supposons alors que ce reste soit encore 7 si vous avez l'âge b. Cela s'écrit :

$$E\,(b) = 8k + 7$$

k étant le quotient entier.

Nous avons alors :

$$\begin{aligned} E\,(b+1) &= 5^{b+1} + 2{\cdot}3^{b} \\ &= (5^{b+1} - 5^{b}) + 2(3^{b} - 3^{b-1}) + (5^{b} + 2{\cdot}3^{b-1}) \\ &= 5^{b}\,(5-1) = 2{\cdot}3^{b-1}\,(3-1) + 8k + 7 \\ &= 4\,(5^{b} + 3^{b-1}) + 8k + 7 \end{aligned}$$

Or $5^b + 3^{b-1}$ étant une somme de 2 nombres impairs, le résultat est pair.

2 – Grand-mère, version latine et petits chats

Soit a l'âge de ma grand-mère, c le nombre de mes petits chats et l ma note en version latine. De la première phrase de l'énoncé nous déduisons que l est un nombre entier inférieur à 10 et que : $a = 11\,l$.

La deuxième phrase de l'énoncé peut s'écrire :

$$a/c = 3l + 14/3 \quad \text{ou} \quad a = 3cl + 14\,c/3.$$

c est donc un multiple de 3, tel que $3c$ soit inférieur à 11, c est donc égal à 3. Nous avons alors :

$$a = 11l, \quad a = 9l + 14.$$

Nous en déduisons aisément : $l = 7$ puis : $a = 77$.

Ma grand-mère a 77 ans.

3 – La grippe asiatique

Examinons la situation à partir de mon voyage en Asie :

Semaine n°	1	2	3	4	5	6	7
Nombre de malades	1	7	49	343	2 401	16 807	117 649
Nombre total de personnes atteintes	1	8	57	400	2 801	19 608	137 257

Si le virus a déjà provoqué 400 grippes, c'est que nous sommes dans la 4e semaine depuis mon retour d'Asie. Or, d'après le tableau ci-dessus, l'épidémie se terminera à la fin de la 7e semaine suivant mon retour, c'est-à-dire dans un peu plus de 3 semaines.

SOLUTIONS H

1 – Une histoire franchement immorale

Soit x ce nombre de jours.
Samedi dernier ($x = -2$), Louisette et Josette étaient occupées par leurs maris respectifs, ce qui arrive tous les 15 jours ($3 \times 5 = 15$). Les prochains matins où Paulette ne peut être que la seule disponible se produiront donc pour $x = 13, 28, 43, 58, 73$, etc.
Mais cette dernière est prise tous les mercredis ($x = 2, 9, 16, 23, 30, 37, 44, 51, 58, 65$, etc.). Il est ainsi clair que, dans 58 jours, mes 3 maîtresses seront occupées et qu'il me faudra passer un matin solitaire (ce triste phénomène se produira tous les 105 jours car $3 \times 5 \times 7 = 105$).

2 – Une histoire d'omelettes

Il y avait 8 œufs par rangée. Il suffit pour en être convaincu d'observer la décomposition suivante :

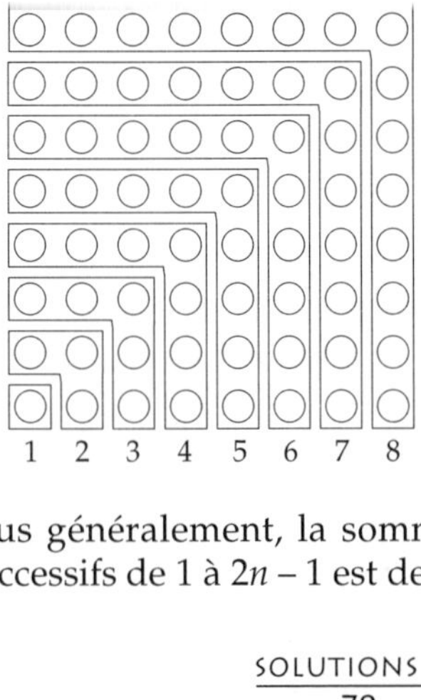

1 : coque
2 : nature
3 : champignons
4 : piments
5 : pommes de terre
6 : croûtons
7 : fromage
8 : crevettes

Plus généralement, la somme de n nombres impairs successifs de 1 à $2n - 1$ est de n^2.

3 – UNE HORRIBLE ÉQUATION

Posons $y = 3^x$. Nous avons alors :
$9y^2 - 3^3y - y + 3 = 0$
ou : $9y^2 - 28y + 3 = 0$
ou : $9(y - 3)(y - 1/9) = 0$
Donc : $y = 3$ ou $y = 1/9$.
Soit : $3^x = 3$ ou $3^x = 1/9$,
c'est-à-dire : $x = 1$ ou $x = -2$.
Or $x > 0$. Donc $x = 1$.

SOLUTIONS I

1 – IGRECMOINDEUZIX

Nous avons :
$y = 4x - 6$ (équation 1)
$= 5x - x^2$ (équation 2)
$= xy - x^2 - 3$ (équation 3)
soit, pour les 2 premières équations :

$$4x - 6 = 5x - x^2$$

ou : $x^2 - x - 6 = 0$
ou : $(x - 3)(x + 2) = 0$
Donc $x = 3$ ou $x = -2$
Considérons alors les 2 dernières équations (notées 2 et 3) :
$5x - x^2 = x(4x - 6) - x^2 - 3$ ou :
$0 = 4x^2 - 11x - 3$
$= (x - 3)(4x + 1)$

Donc $x = 3$ ou $-\frac{1}{4}$

La solution commune aux équations 1, 2 et 3 est donc « $x = 3$ ».
Ce qui donne :

$$y - 2x = 4x - 2x - 6 = 2x - 6 = 0$$

La réponse est donc ZÉRO.

2 – Il nous faut des garçons

Soit N le nombre de mères de famille de ce pays ayant fini de procréer. Combien ont-elles eu de filles ? Une chacune ce qui fait N. Combien ont-elles eu de garçons ? La moitié d'entre elles en ont eu 0. Un quart d'entre elles en ont eu 1. Un huitième en ont eu 2. Un seizième 3, etc. Ce qui fait en tout :

$$\frac{N}{4}\times 1+\frac{N}{8}\times 2+\frac{N}{16}\times 3+\ldots\frac{N\cdot n}{2^{n+1}}+\ldots$$

$$=\frac{N}{4}\left(\frac{1}{2^0}+\frac{2}{2^1}+\frac{3}{2^2}+\ldots+\frac{n}{2^{n-1}}+\ldots\right)$$

Or nous savons que :

$$1+2x+3x^2+\ldots+nx^{n-1}+\ldots=\frac{1}{(1-x)^2}$$

Comme série dérivée de :

$$1+x+x^2+\ldots+x^n+\ldots=\frac{1}{1-x}$$

Ce qui donne en remplaçant x par $1/2$:

$$\frac{1}{2^0}+\frac{2}{2^1}+\frac{3}{2^2}+\ldots+\frac{n}{2^{n-1}}=\frac{1}{(1-1/2)^2}=4$$

D'où il résulte que le nombre de garçons est de :

$$\frac{N}{4}\times 4=N=\text{nombre de filles}$$

La proportion de garçons à laquelle on arrive ainsi est de $1/2$. Elle n'est donc nullement augmentée par les décrets autoritaires du roi !

3 – Inversion

Soit, m, c, d et u les chiffres respectifs des milliers, des centaines, des dizaines et des unités. Nous avons les équations suivantes :

$(1\,000m + 100c + 10d + u) - (1\,000m + 100c + 10u + d) = -9$

$(1\,000m + 100c + 10d + u) - (1\,000c + 100m + 10d + u) = 900$

Donc $d = u - 1$ et $m = c + 1$. Le nombre s'écrit alors :

$$1\,000(c+1) + 100c + 10(u-1) + u = 11(100c + 10\cdot 9 + u)$$
$$= 11\cdot\text{nombre modifié.}$$

La dernière modification le rendra donc 11 fois plus petit.

SOLUTIONS J

1 – Je veux un ordinateur

Différence d'âge entre Papa et Alfred :

$$34 - 8 = 26$$

Quand Alfred aura 13 ans, Papa en aura 39, soit 3 fois plus. Ce sera dans 5 ans.

2 – Jouons avec les cubes

Précisons tout d'abord que la somme des inverses des cubes est finie. Soit S cette somme. Nous avons :

$$\frac{1}{2^3}+\frac{1}{4^3}+\frac{1}{6^3}+\frac{1}{8^3}+\dots = \frac{1}{8}\left[\frac{1}{1^3}+\frac{1}{2^3}+\frac{1}{3^3}+\frac{1}{4^3}+\dots\right] = \frac{S}{8}$$

$$\frac{1}{1^3}-\frac{1}{2^3}+\frac{1}{3^3}-\frac{1}{4^3}+\frac{1}{5^3}-\dots = \frac{1}{1^3}+\frac{1}{2^3}+\frac{1}{3^3}+\frac{1}{4^3}+\dots -2\left[\frac{1}{2^3}+\frac{1}{4^3}+\frac{1}{6^3}+\frac{1}{8^3}+\dots\right] = S-\frac{2S}{8}=\frac{3S}{4}$$

Donc $S=\frac{4}{3}\left(\frac{1}{1^3}-\frac{1}{2^3}+\frac{1}{3^3}-\frac{1}{4^3}+\dots\right)$

CQFD.

3 – Jumeaux français

250 naissances donnent donc 253 enfants parmi lesquels 6 sont des jumeaux. Nous avons ainsi :

56 000 000 × (6/253) = 1 328 063 jumeaux français.

SOLUTIONS K

1 – Kiwis

Soit c, k et p les poids respectifs d'un citron, d'un kiwi et d'un pamplemousse.

Nous avons :

$$3c + p = 10k.$$

Or : $p = 6k + c$.

Donc : $3c + 6k + c = 10k$.

Soit : $c = k$.

et : $p = 7k$.

Il faut 7 kiwis pour égaler le poids d'un pamplemousse.

SOLUTIONS L

1 – Léonie et les chats

Soit n ce nombre de chats. Nous avons :

$$n = 4/5 \cdot n + 4/5.$$

Il en résulte : $n = 4$.

La vieille Léonie vit avec 4 chats.

2 – Les lingots d'or

Soit N le nombre total de lingots.

Part du premier fils : $5 + \frac{N-5}{5}$.

Part du deuxième fils :

$$10 + \frac{1}{5}\left(N - \left(5 + \frac{N-5}{5}\right) - 10\right).$$

L'égalité de ces 2 parts nous donne : $N = 80$.

Part de chacun : $5 + \frac{80-5}{5} = 20$.

Il y a donc 4 enfants.

On vérifie bien que le 2e reçoit : $10+\frac{50}{5}=20.$

ainsi que le 3e : $15+\frac{25}{5}=20$ et que le 4e : $20 + 0 = 20$.

Les 80 lingots sont ainsi tous distribués.

3 – Logarithmes en salade

Posons $X = \log x$ et $Y = \log y$.
Nous avons : $x = 10^X$ et $y = 10^Y$
Donc : $X + Y = \log 1\,000 = 3$
$10^{XY} + 10^{XY/2} = 110$
$y \geq x$
Soit $10^{XY/2} = z$
La 2e ligne du système s'écrit :
$z^2 + z - 110 = 0$.
Ce qui donne : $z = 10$
Donc $10^{XY/2} = 10^1$
Soit $XY = 2$.
Comme $X + Y = 3$, nous avons :
$X(3 - X) - 2 = 0$
ou $X^2 - 3X + 2 = 0$
$\Delta = 9 - 8 = 1^2$

$$X=\frac{3\pm 1}{2}= \begin{cases} 2 \\ 1 \end{cases}$$

soit $X = 1$ et $Y = 2$ (car $y \geq x$).
Soit $x = 10$ et $y = 100$.

4 – Longévité de Rosalie

Observons une date répondant à cette curieuse propriété. Si cette date est inférieure à 1 000, la différence entre les 2 nombres écrits en sens inverse le sera également. Or cette différence est de 1 278. Donc la date est postérieure à l'an 1 000. Soit « 1 *cdu* » cette date, et « *udc* 1 » la date à l'envers.
Nous avons :
$1\,000 + 100c + 10d + u - 1\,000u - 100d - 10c - 1 = \pm 1\,278$.
Soit $999 + 90c - 90d - 999u = \pm 1\,278$.
Soit $10c - 10d = \pm 142 - 111 + 111u = \pm 142 + 111\,(u - 1)$
$\pm 142 + 111\,(u - 1)$ doit être multiple de 10.
Il faut donc avoir :
ou bien $u - 1 = 8$ et $u = 9$ ou bien $u - 1 = 2$ et $u = 3$.

Si $u = 9$, nous avons :

$$10(c - d) = 142 + 888 = 1\,030 \text{ et } c - d = 103.$$

Ce qui est impossible puisque c et d sont des chiffres.
Si $u = 3$, nous avons : $10(c - d) = -142 + 222 = -80$ et $c - d = 8$. Donc $c = d + 8$.
Il faut donc avoir : ou bien $d = 1$ et $c = 9$ ou bien $d = 0$ et $c = 8$.
Rosalie est donc née en 1803. Elle est décédée en 1913. Rosalie a passé 110 ans sur la Terre.

SOLUTIONS M

1 – Manipulation arithmétique

Soit c le chiffre des centaines, d celui des dizaines et u celui des unités.
Première information :

$$(100c + 10u + d) - (100c + 10d + u) = 36$$

Donc $u = d + 4$
Deuxième information :

$$(100d + 10c + u) - (100c + 10d + u) = 270$$

Donc : $d = c + 3$
D'où il résulte que :

$$u + d + c = (c + 3) + 4 + c + 3 + c = 3(c + 3) + 1$$

Il ne s'agit donc pas d'un multiple de 9.

2 – Manipulation de chiffres

$$1 = \frac{35}{70} + \frac{148}{296}$$

$$100 = 50 + 49 + \frac{1}{2} + \frac{38}{76}.$$

3 – LES MATHÉMATIQUES NOUVELLES

Soit a cette base inconnue. Quand mon fils écrit à l'aide de cette base « 253 », il veut dire :
$2a^2 + 5a + 3$, ce qui fait 136 en base 10. Nous avons donc l'équation :

$$2a^2 + 5a + 3 = 136,$$

ou $$2a^2 + 5a - 133 = 0,$$

ou $$(a - 7)(2a + 19) = 0.$$

a étant un entier positif, la seule solution possible est 7.
La base inconnue est 7.

4 – MATHUSALEM ÉTAIT MENTEUR

Soit m l'âge de Mathusalem et p celui de son petit-fils préféré. Nous avons : $4\,m = p^2 - 3$
ou $p^2 = 4\,m + 3$ = multiple de 4 + 3.
p est donc un nombre impair
Soit $p = 2k + 1$.
Donc : $p^2 = 4K^2 + 4k + 1$ = multiple de 4 + 1.
Un multiple de 4 augmenté de 3 ne pouvant être égal à un multiple de 4 augmenté de 1, Mathusalem était un menteur.

5 – MÉMÉ VA TRÈS BIEN, MERCI

Mémé à 102 ans, bien sûr !

6 – MESSAGE SECRET

18	24	**5**	6	12
10	11	**17**	23	4
22	3	9	15	16
14	**20**	21	2	**8**
1	7	**13**	19	25

15	18	**21**	4	7
24	2	10	**13**	16
8	11	**19**	22	**5**
17	25	3	6	14
1	**9**	12	**20**	23

(Le total de chaque ligne, colonne ou diagonale, égale 65).
Décodons selon les rangs alphabétiques :

-A-A-E-E-H-I-M-M-Q-S-T-T-U-

Ce qui donne, comme sujet obsessionnel : MATHÉMATIQUES tout simplement.

7 – LE MILLIONIÈME JEU MATHÉMATIQUE

Temps de travail quotidien : 520 minutes.

Nombre de problèmes quotidiens : 40.
Nombre de problèmes hebdomadaires : 240.
Nombre de problèmes en 52 semaines : 12 480.
Nombre d'années de 52 semaines passées au travail : 1 000 000/12 480 = 80,128.
Notre sympathique héros avait donc 100 ans quand une crise cardiaque l'emporta.

8 – Mon arrière-grand-père

Soit m mon âge et p celui de mon petit frère. Nous avons :

$$m^2 - p^2 = 95$$

ou : $(m + p)(m - p) = 19 \times 5 = 95 \times 1$

La seule solution qui permette d'avoir un arrière-grand-père de 95 ans est :

$$m + p = 19$$
$$m - p = 5$$

Donc, j'ai 12 ans et mon petit-frère 5.
Mon arrière-grand-père avait donc 90 ans à la naissance de ce dernier.

9 – Mon mari, mes 4 enfants

Soit n l'âge du plus jeune. Nous avons :

$$1 + n(n + 1)(n + 2)(n + 3) = 41^2.$$

soit :

$$(n^2 + 3n + 1)^2 = 41^2.$$

Ou $n^2 + 3n + 1 = 41$.
Soit encore $n(n + 3) = 5 \times 8$.
Donc : $n = 5$.
Les autres enfants ont 6, 7 et 8 ans. Mon mari avait 33 ans à la naissance de l'aîné.

10 – Mon x à moi

$$\frac{1}{4}\left(\frac{x}{5}\right)^3 = \frac{54}{125} = \frac{3^3 \cdot 2}{5^3}$$

Donc $\left(\frac{x}{5}\right)^3 = \frac{3^3 \cdot 2^3}{5^3} = \left(\frac{6}{5}\right)^3$

et $\frac{x}{5} = \frac{6}{5}$

Il en résulte :

$x = 6$ et $\frac{x}{3 \cdot 2} = 1$

11 – Multiplication en miettes

$$
\begin{array}{cccccc}
 & & & 3 & 4 & 1 \\
\times & & & 4 & 5 & 7 \\
\hline
 & & 2 & 3 & 8 & 7 \\
 & 1 & 7 & 0 & 5 & \\
1 & 3 & 6 & 4 & & \\
\hline
1 & 5 & 5 & 8 & 3 & 7
\end{array}
\qquad
\begin{array}{cccccc}
 & & 1 & 2 & 1 & 3 \\
\times & & & 3 & 1 & 8 \\
\hline
 & & 9 & 7 & 0 & 4 \\
 & 1 & 2 & 1 & 3 & \\
3 & 6 & 3 & 9 & & \\
\hline
3 & 8 & 5 & 7 & 3 & 4
\end{array}
$$

12 – La mystérieuse inconnue

Soit x cette inconnue. Elle répond aux 2 hypothèses : x = multiple de 7 + 2 et x = multiple de 9 + 5. Par conséquent, pour tout entier k, $x + 63k$ satisfait également ces 2 hypothèses. Observons donc seulement les 63 premiers nombres entiers.

Série des nombres satisfaisant la première hypothèse :
2 9 16 23 30 37 44 51 58.

Série des nombres satisfaisant la seconde hypothèse :
5 14 23 32 41 50 59.

Valeur conmmune aux 2 séries : 23.

Par conséquent : $x = 23 + 63k$.

Il est clair que k est pair (x impair) et le reste de la division par 6 sera 5.

SOLUTIONS N

1 – Noces d'or

Nous sommes en 1964. J'ai donc 32 ans et je suis né en 1932, tandis que mes grands-parents étaient mariés depuis 1914 c'est-à-dire depuis 18 ans seulement. Je suis donc le fils de leur fille et non de leur fils : ce sont mes grands-parents maternels.

Remarque : la donnée nous permet aussi de dire que ma grand-mère avait 32 ans le jour de son mariage...

2 – Les nombres chinois

Tout nombre n inférieur ou égal à 26 est bien sûr strictement inférieur à 3^3 (27). Il peut donc se décomposer (en base 3) de la façon suivante :

$n = (0 \text{ ou } 1 \text{ ou } 2)\cdot 3^0 + (0 \text{ ou } 1 \text{ ou } 2)\cdot 3^1 + (0 \text{ ou } 1 \text{ ou } 2)\cdot 3^2.$

C'est-à-dire :

$$n = (0 \text{ ou } 1 \text{ ou } 2) + (0 \text{ ou } 3 \text{ ou } 6) + (0 \text{ ou } 9 \text{ ou } 18).$$

Et on retrouve ainsi tous les nombres comportant un 1 dans leur décomposition dans le premier tableau, ceux qui comportent un 2 dans le deuxième, un 3 dans le troisième, un 6 dans le quatrième, un 9 dans le cinquième et un 18 dans le sixième.

On retrouvera donc le nombre n en additionnant les nombres situés en haut à gauche des tableaux auxquels il appartient.

SOLUTIONS O

1 – Ouah-ouah

$$\begin{aligned}\text{Ouahouah} &= (2 \times 4^0) + (3 \times 4^1) + (1 \times 4^2) + (0 \times 4^3)\\ &+ (2 \times 4^4) + (3 \times 4^5) + (1 \times 4^6) + (0 \times 4^7)\\ &= 2 + 12 + 16 + 0 + 512 + 3\,072 + 0 + 4\,096 + 0\\ &= 7\,710.\end{aligned}$$

SOLUTIONS P

1 – Parc automobile pour milliardaire américain

Soit c_a, b, et c_h les prix respectifs d'une Cadillac, d'une Buick et d'une Chevrolet. Nous avons :

$2c_a + b + 2c_h = 176\,000.$

et $3c_a + 2b + c_h = 197\,000.$

Donc :

$2\,(2c_a + b + 2c_h) - (3c_a + 2b + c_h) = 2 \times 176\,000 - 197\,000$
$= 155\,000.$

2 – Partage

Soit x le nombre de pièces de 1 franc et y celui de pièces de 5 francs. Nombre de pièces de 50 centimes : $x/9$ (possibilité I) ou $9x$ (possibilité II).

• Étudions tout d'abord la possibilité I. La somme totale étant de 100 francs nous avons :

$x + (x/9 \cdot 1/2) + 5y = 100$, ou $19x + 90y = 1\,800$.

y est un nombre entier supérieur à 1 ; x est donc un multiple de 10, tel que, si $x = 10k$, k est au plus égal à $(1\,800 - 180)/(19 \times 10)$, donc au plus égal à 8. Nous avons alors l'équation : $19k + 9y = 180$.

Or pour aucune des 8 valeurs possibles de k, y n'est une valeur entière. Nous arrivons à une absurdité.

• Étudions alors la possibilité II. La somme totale s'écrit : $x + 9\,x/2 + 5y = 100$ ou $11x + 10y = 200$.

On voit tout de suite que, pour respecter le caractère entier de x et de y, il n'y a qu'une solution : $x = 10$ et $y = 9$. Résultat : Marguerite et Gustave ont chacun 45 francs, Victor 10 francs.

3 – Parti en fumée

La somme dépensée à l'âge de 15 ans donnerait aujourd'hui : $20 \times 365 \times 1{,}07^{49}$

Pour l'âge de 16 ans, ce serait :

$$20 \times 365 \times 1{,}07^{48}$$

Et ainsi de suite.

La somme disponible aujourd'hui serait donc :

$$365 \times (1{,}07^{49} + 1{,}07^{48} + \ldots + 1{,}07^{1} + 1{,}07^{0}) \times 20$$

$$= 365 \times \frac{1{,}07^{50} - 1}{1{,}07 - 1} \times 20 = 2\,967\,658{,}40$$

Si je n'avais pas fumé, je pourrais aujourd'hui m'acheter un 4 pièces dans le 15e arrondissement... et je serais aussi en bien meilleure santé.

4 – Père et fils

Soit x l'âge de mon fils aujourd'hui.

D'après la première affirmation, la différence d'âge est : $\dfrac{(x+15)\times 7}{8}$.

Quand mon fils aura atteint l'âge que j'ai aujourd'hui, l'âge de mon fils sera :

$$x+\frac{(x+15)\times 7}{8}.$$

et le mien sera, si je suis encore de ce monde :

$$x+\frac{(x+15)\times 7}{8}+\frac{(x+15)\times 7}{8}.$$

Nous aurons ensemble :

$$2x+3\times\frac{(x+15)\times 7}{8}.$$

D'après la deuxième affirmation, cette somme est égale à : $31\times\frac{(x+15)}{8}$.

D'où l'égalité :

$$2x+3\times\frac{(x+15)\times 7}{8}=31\times\frac{(x+15)}{8}$$

ou :

$$16x + 21x + 315 = 21x + 465$$

ce qui donne : $x = 25$.
Mon fils a 25 ans.

5 – Petite salade

Remarque préliminaire :
$65^2 - 56^2 = 1\,089$
et $33^2 = 1\,089$ également
Nous avons maintenant :
$(6\,565)^2 - (5\,656)^2 = (6\,500 + 65)^2 - (5\,600 + 56)^2$
$= 6\,500^2 + 2 \times 65 \times 6\,500 + 65^2 - 5\,600^2$
$- 2 \times 56 \times 5\,600 - 56^2$
$= 10^4(65^2 - 56^2) + 200(65^2 - 56^2) + (65^2 - 56^2)$
$= 10^4 \times 33^2 + 200(33^2) + 33^2 = 3\,300 \times 3\,300$
$+ 2 \times 3\,300 \times 33 + 33^2\ (3\,300 + 33)^2 = 3\,333^2$
3 333 est donc la racine demandée.

6 – Pierre-Alexis, Camille-Charlotte, Oncle Alfred et moi

Nous avons :

$$p^2 - c^2 = p + c = pc - 29$$

p et c étant les âges respectifs de Pierre-Alexis et de Camille-Charlotte.
On en déduit :
$p - c = I$ puis : $c^2 - c - 30 = 0$

Donc : $c = (\text{I} + \text{II})/2 = 6$ ans ;
Pierre-Alexis a 7 ans.
Dans 19 ans, nous aurons respectivement : 25, 26 et 48 ans. Somme des 3 : 99 ans. Oncle Alfred n'est donc pas centenaire.

7 – Poésie d'avant-garde

Les 9 premières pages correspondent chacune à un chiffre. Total : 9. Les 90 suivantes s'écrivent avec 2. Total : $(2 \times 90) + 9 = 189$.
Les suivantes s'écrivent avec 3 (jusqu'à la page 999).
Il reste : $207 - 189 = 18$ chiffres à utiliser pour ces dernières.
Cela va nous donner 6 pages à partir de la page 100 comprise. Donc 105 pages. Donc 102 poésies.

8 – Les pommes

Soit a la part finale d'Amélie, c celle de Charlotte, $2c$ celle de Berthe (0 celle de Dorothée).
Ces 3 dernières parts doivent être égales. D'où les équations :

$$4a - 8c = 1 + 5c - a,$$
$$4a - 8c = 4 + 4c - a.$$

D'où il résulte : $c = 3$, $a = 8$.
Amélie a donc distribué 8 pommes à chacune de ses sœurs : elle avait ramassé 32 pommes.
Par le tableau suivant, nous vous proposons de faire l'étude chronologique inverse de l'évolution des parts :

	Amélie	Berthe	Charlotte	Dorothée
Fin	a	$2c$	c	0
Avant action de Dorothée	$a - c$	c	0	$4 + 3c$
Avant action de Charlotte	$a - 2c$	0	$1 + 3c$	$4 + 2c$
Avant action de Berthe ou après action d'Amélie	0	$4a - 8c$	$1 + 5c - a$	$4 + 4c - a$

9 – Pour les moins de 16 ans

Il ne s'agit pas de magie, mais tout simplement des propriétés de la décomposition d'un nombre en base 2.
Tout nombre entier inférieur à 16 peut en effet s'écrire :

$$x_0 \cdot 2^0 + x_1 \cdot 2^1 + x_2 \cdot 2^2 + x_3 \cdot 2^3$$

Chaque x_i représentent un 0 ou un 1.
Quand x_i vaut 1, l'âge correspondant est inscrit dans la colonne commençant par 2^i.
Quant x_i vaut 0, il ne l'est pas.
Exemple : si vous avez 13 ans, votre âge apparaîtra dans les 3 dernières colonnes car :

$$13 = 1{\cdot}2^3 + 1{\cdot}2^2 + 0{\cdot}2^1 + 1{\cdot}2^0 = 8 + 4 + 0 + 1.$$

10 – Pour y perdre son latin

(*d'après Rouse-Ball*).

Traduction :

Une ânesse accompagnée d'un mulet portait une charge de vin ; écrasée sous le poids, elle se plaignait bruyamment. Le mulet mit alors fin à ses plaintes en lui disant : « Qu'as-tu à te plaindre comme une petite fille, la mère ? Si je prenais une de tes mesures, ma charge serait double de la tienne ; mais si tu prenais une des miennes, j'en aurais encore autant que toi. »
« Dis-moi, savant mathématicien, combien de mesures portait chacun d'eux ? »

Solution :

Soit a la charge de l'ânesse et m celle du mulet. Nous avons les équations :

$$m + 1 = 2(a - 1) \quad \text{et} \quad a + 1 = m - 1.$$

On en déduit aisément : $a = 5$ et $m = 7$.
L'ânesse portait 5 mesures et le mulet 7.

11 – Précisez le barème

Soit p le nombre de points donnés pour le problème et q le nombre de points de la question de cours.
Première remarque : le contrôle est noté sur 20 points : $p + q = 20$. Deuxième remarque : le nombre total des points obtenus par les n élèves de la classe peut s'écrire de 2 façons différentes : $8n$ ou bien $np/3 + 3nq/5$.
D'où le système de 2 équations à 2 inconnues :

$$p + q = 20 \text{ et } p/3 + 3q/5 = 8.$$

On en déduit aisément que $p = 15$ et que $q = 5$.
C'est le barème demandé.

12 – Premier ou pas premier

Procédons tout d'abord expérimentalement sur quelques nombres premiers.
Si $n = 7$, alors : $n^2 + 2 = 51 = 3 \times 17$
Si $n = 11$, alors : $n^2 + 2 = 123 = 3 \times 41$

Si $n = 13$, alors : $n^2 + 2 = 171 = 3 \times 57$
Si $n = 17$, alors : $n^2 + 2 = 363 = 3 \times 121$
etc.
Nous arrivons, semble-t-il, toujours à un multiple de 3. Comment expliquer ce phénomène ?
Si n est premier * , il n'est pas divisible par 3 et peut s'écrire : $n = 3k \pm 1$: Donc : $n^2 = 9k^2 \pm 6k + 1$
et $n^2 + 2 = 9k^2 \pm 6k + 3$.
ce qui est bien sûr un multiple de 3 et ne peut donc être un nombre premier.
* et supérieur ou égal à 5.

13 – Produit

3 024 ne se termine ni par 5 ni par 0 : donc aucun de ces 4 nombres n'est divisible par 5 ni par 10. Or si les 4 étaient supérieurs à 10, le produit serait nécessairement supérieur à 10 000. Ce qui n'est pas le cas. Ces 4 nombres ne peuvent donc être que : 1-2-3-4 ou bien 6-7-8-9. Dans le premier cas, le produit correspondant est 24. Il ne peut s'agir que de 6-7-8-9. Cela est d'ailleurs facile à vérifier.

14 – Puissance 4

Soit n ce nombre entier quelconque > 1.

$$\begin{aligned} n^4 + 4 &= n^4 + 4n^2 + 4 - 4n^2 \\ &= (n^2 + 2)^2 - (2n)^2 \\ &= (n^2 + 2 + 2n)\,(n^2 + 2 - 2n) \\ &= (n^2 + 2 + 2n)\,((n-1)^2 + 1). \end{aligned}$$

« $n^2 + 4$ » peut donc se décomposer selon le produit de 2 nombres entiers > 1, quel que soit l'entier.
$n^2 + 4$ n'est donc pas premier.

15 – Les pyramides

Pour une pyramide triangulaire, le i-ième étage à partir du sommet comporte M_i cubes tel que :

$$M_i = \frac{i(i+1)}{2}.$$

Donc le nombre de cubes nécessaires pour une pyramide triangle à n étages est de :

$$T_n = M_1 + M_2 + \ldots + M_n = \frac{n(n+1)(n+2)}{6}.$$

Pour une pyramide carrée, le i-ième étage à partir du sommet comporte i^2 cubes. Donc le nombre de cubes nécessaires pour une pyramide carrée à n étages est de :

$$C_n = 1^2 + 2^2 + \ldots + n^2 = \frac{n(n+1)(2n+1)}{6}.$$

Nombre de cubes utilisés par Stéphanie :

$$T_8 + T_9 = \frac{8 \times 9 \times 10}{6} + \frac{9 \times 10 \times 11}{6} = 120 + 165 = 285.$$

C'est exactement le nombre de cubes d'une pyramide carrée à 9 étages car

$$C_9 = \frac{9 \times 10 \times 19}{6} = 285.$$

La construction d'Olivier a 9 étages.

SOLUTIONS Q

1 – Quai San Salvador

Soit d le nombre de maisons à droite de la mienne et g le nombre de maisons à gauche, quand je regarde la mer. Nous avons le système d'équations suivant :

$$d + g = 10,$$
$$dg - (d+1)\cdot(g-1) = 5,$$

ou

$$d + g = 10,$$
$$d - g = 4.$$

Il en résulte : $2d = 14$, soit $d = 7$ et par conséquent : $g = 3$. Ma maison est donc la 4e à partir de la gauche quand on est face à la mer, j'habite donc au n° 7.

2 – Quand tu naquis mon fils

Soit d la différence d'âge entre la mère et son fils.
Soit m l'âge de la mère aujourd'hui.
Nous avons :

$$m = 2\,(m - d)$$
$$(m - 18) = 3\,(m - d - 18).$$

Ce qui donne plus simplement :

$$m = 2d$$
$$2m = 3d + 36$$

Donc $d = 36$

La mère avait 36 ans à la naissance de son fils. Remarque : elle en a 72 aujourd'hui et son fils 36. Il y a 18 ans, elle avait 54 ans, soit 3 fois 18 ans, l'âge de son fils.

3 – Quel âge a Florence ?

Soit a cet âge inconnu. Nous avons l'équation :

$$a^5 - a = 10k.$$

(k étant un nombre entier quelconque).

C'est-à-dire :

$$a(a^2 - 1)(a^2 + 1) = 10k$$

ou

$$a(a + 1)(a - 1)[(a - 2)(a + 2) + 5] = 10k.$$

Or, quel que soit a, l'une des 2 valeurs a ou $a + 1$ est un multiple de 2, tandis que l'une des 5 valeurs a, $a + 1$, $a + 2$, $a - 1$ ou $a - 2$ est un multiple de 5. Par conséquent $a^5 - a$ est un multiple de 10 pour toute valeur de a : nous n'avons ainsi aucune information sur l'âge de Florence qui peut prendre n'importe quelle valeur de 0 à 110 ans !

SOLUTIONS R

1 – Les règles de la divisibilité par 11

Considérons par exemple un nombre à 4 chiffres quelconques « *mcdu* » où m est le chiffre des milliers, c des centaines, d des dizaines et u des unités. Nous avons :

$$\begin{array}{ccccc} & m & c & d & u \\ & \times & 11 & & \\ \hline & m & c & d & u \\ m & c & d & u & \\ \hline m & m+c & c+d & d+u & u \end{array}$$

1er cas :

$m + c, c + d, d + u$ sont inférieurs à 10.

Appelons N_i la somme des chiffres rencontrés aux rangs impairs.

Nous avons : $N_i = m + (c + d) + u$

Appelons N_p la somme des chiffres rencontrés aux rangs pairs. Nous avons :

$$N_p = (m + c) + (d + u)$$

Donc $N_i = N_p$

2e cas :

$$d + u > 9 \text{ et } c + d < 9.$$

Reprenons la fin de la multiplication par 11 précédente :

$$\begin{array}{ccccc} & m & c & d & u \\ m & c & d & u & \\ \hline m & m + c & c + d + 1 & d + u - 10 & u \end{array}$$

Calculons comme précédemment N_i et N_p :

$$N_i = m + (c + d + 1) + u$$
$$N_p = (m + c) + (d + u - 10)$$

et : $N_i - N_p = 11$

Remarque 1 : toute nouvelle retenue dans l'addition :

$$\begin{array}{ccccc} & m & c & d & u \\ + \; m & c & d & u & \end{array}$$

....

augmente ou diminue la différence $N_i - N_p$ de 11.

Remarque 2 : nous avons ici considéré uniquement des nombres à 4 chiffres. On peut aisément généraliser nos résultats à des nombres entiers quelconques.

En conclusion : nous venons ainsi de voir que le produit de tout nombre entier par 11 donne une différence $D = N_i - N_p$ qui est multiple de 11.

La réciproque étant facile à démontrer, nous avons ici la règle de divisibilité par 11 :

N est divisible par 11 si et seulement si $D = N_i - N_p$ l'est aussi.

Autrement dit : un nombre entier est divisible par 11 si et seulement si la différence entre la somme de ses chiffres de rangs pairs et la somme de ses chiffres de rangs impairs est un multiple de 11.

2 – UN RESTE TRÈS PUISSANT

$32^{48} = 2^{5 \times 48} = 2^{240} = (2^6)^{40} = 64^{40} = (\text{multiple de } 7 + 1)^{40}$
$= \text{multiple de } 7 + 1$

Le reste de la division par 7 de la 48e puissance de 32 est donc 1.

3 – La rue Saint-Nicaise

Soit x le nombre des exécutions.
Nombre de morts (par explosion) : $2x + 4$.
Nombre de blessés :

$$2(2x + 4) + 4/3x \quad \text{ou} \quad 5x + x/3 + 8$$

(x est donc un multiple de 3).
On connaît aussi l'inégalité :

$$(2x + 4) + (5x + x/3 + 8) + (x) < 98 \quad \text{ou } x < 10.$$

x étant légèrement inférieur ou égal à 10 d'une part, un multiple de 3 d'autre part, il en résulte que $x = 9$.
Bonaparte fit exécuter 9 républicains après l'attentat de la rue Saint-Nicaise.

SOLUTIONS

S

1 – Le sac de billes

Soit n le nombre d'enfants, x la part de chacun et N le nombre total de billes. Nous avons : $N = nx$.
Part du premier enfant à se servir :

$$1 + (N - 1)/10 = x.$$

Part du dernier : x.
Part de l'avant-dernier :

$$n - 1 + x/9 = (N/x) - 1 + x/9 = x.$$

En considérant la part du premier enfant, il résulte :

$$N = 10x - 9.$$

Reportons alors ce résultat dans l'équation provenant de la part de l'avant-dernier :

$$(10x - 9)/x - 1 + x/9 = x.$$

Ce qui s'écrit encore :

$$8x^2 - 81x + 81 = 0.$$

ou bien

$$(x - 9)\,(8x - 9) = 0.$$

Le nombre de billes pris par chaque enfant étant entier, la seule solution acceptable est : $x = 9$. Donc $N = 81$ et $n = 9$.
Il y avait 9 enfants. Chacun a eu 9 billes.

2 – Sainte-Agathe et Sainte-Agnès

Pour écrire les 9 premiers nombres à 1 chiffre, il faut :

$$9 \times 1 = 9 \text{ chiffres.}$$

Pour écrire les 90 suivants à 2 chiffres, il faut : 180 chiffres.

Pour écrire les 900 suivants à 3 chiffres, il faut : 2 700 chiffres.

Ce qui fait en tout : 2 889 chiffres.

Pour écrire tous les nombres jusqu'à n, il manque ainsi 4 chiffres. n est donc le premier nombre à 4 chiffres : 1 000.

Il y a donc 1 000 élèves dans cette école.

3 – Sainte-Blandine

Soit n l'âge qu'aurait Sainte-Blandine si elle vivait encore aujourd'hui.

Soit

$$y = n^7 - n = n(n^3 + 1)\,(n^3 - 1)$$

Il y a 3 cas possibles :

1) n est un multiple de 7. Alors y l'est aussi.

2) n est un multiple de 7 augmenté de 1, 2 ou 4, alors $n^3 - 1$ est un multiple de 7 et y aussi.

3) n est un multiple de 7 augmenté de 3, 5 ou 6.

Alors $n^3 + 1$ est un multiple de 7 et y aussi.

Dans l'ignorance de la date précise de la naissance de Sainte-Blandine, nous pouvons cependant dire qu'elle n'a commis aucun péché durant toute sa vie.

4 – Saint-Hugh's college

L'une des disciplines comporte au moins 66 étudiants puisque, sinon, le nombre total d'étudiants serait inférieur ou égal à : $65 \times 5 = 325$. Soit A cette discipline.

Pour chacun de ces étudiants (numéroté i), posons :

$A_i = i$ – (plus faible numéro représenté dans A).

Si la propriété de départ est fausse, aucun des A_i ne représente le numéro d'un élève de la classe A. Parmi les étudiants numérotés A_i (spécialisés en dehors de A), il y a au moins un groupe d'au moins 17 étudiants pour une même discipline (sinon : $16 \times 4 = 64 < 66$).

Soit B cette disicipline. Pour chacun de ses étudiants, posons :

$B_i = i$ – (plus faible numéro dans B).

Si la propriété de départ est fausse, aucun des B_i ne représente le numéro d'un élève de la discipline B.

Parmi les étudiants numérotés B_i (spécialisés en dehors de A ou B), il y a au moins un groupe d'au moins 6 étudiants pour une même discipline C, etc...puis un groupe d'au moins 3, puis enfin d'au moins 2. Mais la différence entre les numéros de ces 2 derniers n'appartient ni à un étudiant spécialisé dans A, ni dans B, ni dans C, ni dans D, ni dans E : c'est impossible. La propriété de départ ne peut ainsi être fausse : elle est vraie.

5 – Sébastien et Amanda

Soit s l'âge de Sébastien aujourd'hui. Nous avons :

$$(s + 3)\, s - s\,(s - 3) = 90$$

Soit : $s\,(3 + 3) = 90$

Donc : $s = 15$.

Sébastien aura 18 ans dans 3 ans et Amanda en aura 15.

6 – Sherlock Holmes

Les nombres entiers inférieurs à 10 dont le carré se termine par un 1 sont 1 et 9. Si donc un nombre est tel que le dernier chiffre de son carré soit 1, il se termine lui-même par 1 ou 9.

Nous pouvons donc l'écrire sous la forme : $10p \pm 1$.

Son carré s'écrit alors :

$$100\,p^2 \pm 20p + 1 \text{ ou : } 10(10\,p^2 \pm 2p) + 1.$$

L'avant-dernier chiffre de ce carré est donc le dernier chiffre de $10\,p^2 \pm 2p$, qui est pair, et ne peut donc être, ni 3, ni 5, ni 9. C'est un 4. L'assassin vient du département immatriculé 41, c'est-à-dire : la Marne.

7 – Les soldats de l'empereur

Supposons d'abord, ce qui n'est pas une hypothèse très restrictive, que le nombre N des soldats du général Lasalle est inférieur à 10 000. Soit « *mcdu* » ce nombre :

$$N = 1\,000m + 100c + 10d + u.$$

Nous avons : $m + c + d + u = 17$.

Nombre de morts et blessés :

$$N' = \text{« } m'c'd'u' \text{ »} = 1\,000m' + 100c' + 10d' + u'.$$

Avec aussi :

$$m' + c' + d' + u' = 17.$$

Par conséquent :

$$(m - m') + (c - c') + (d - d') + (u - u') = 0. \qquad \text{(I)}$$

Considérons le nombre de valides après la bataille :

$$V = 1\,000\,(m - m') + 100\,(c - c') + 10\,(d - d') + (u - u') = 0 \text{ (II)}$$

Enlevons alors l'expression nulle (I) du nombre de valides V, il reste :

$$V = 999\,(m - m') + 99\,(c - c') + 9\,(d - d').$$

Cela est divisible par 9. Les valides ont donc pu rentrer par rangs de 9.

8 – Somme et produit

Il y a tout d'abord une solution évidente :

1,2 et 3.

Cherchons une autre solution éventuelle : x, y et z.

Posons :

$X = 1 + x$

$Y = 2 + y$ avec x, y et $z \geq 0$.

$Z = 3 + z$

Nous avons :

$$(1 + x)\,(2 + y)\,(3 + z) = (1 + x) + (2 + y) + (3 + z)$$

Ce qui donne :

$$5x + 2y + z + yz + 2xz + 3xy + xyz = 0.$$

x, y et z étant positifs ou nuls, la seule solution est : $x = y = z = 0$.

La solution 1, 2, 3 est donc unique.

9 – Suez et Panama

Quand n personnes se rencontrent, le nombre de bonjours échangés est : $n\,(n - 1)/2$.

D'où le tableau :

Nombre de Panaméens	Nombre d'Égyptiens	Nombre de bonjours : Panaméens	Nombre de bonjours : Égyptiens	Total
1	11	0	55	55
2	10	1	45	46
3	9	3	36	39
4	8	6	28	34
5	7	10	21	31

Pour arriver à un total de 31 bonjours, il faut donc avoir en présence 7 Égyptiens et 5 Panaméens.

10 – Super family circus

Soit g le nombre de girafes.

Nous avons : $g = 3g/4 + 3/4$. Donc $g = 3$

Soit e le nombre d'éléphants.

Nous avons :

$$e = \frac{4e}{5} + \frac{4}{5}. \text{ Donc } e = 4$$

Nombre total d'êtres vivants :
3 girafes + 4 éléphants + 4 humains + 1 singe = 12 êtres vivants.

11 – Une super équation

Nous remarquons d'abord que le carré d'un nombre impair est un multiple de 8 augmenté de 1. En effet, un nombre impair s'écrit : $2K + 1$.

$$\text{Et } (2K+1)^2 = 4K^2 + 4K + 1 = 4 \cdot K\underbrace{(K+1)}_{\text{nombre pair}} + 1$$

ou $(2K+1)^2 = \text{mult. } 8 + 1$

Nous remarquons ensuite que les 3 coefficients de notre super-équation sont impairs.

Calculons le discriminant :

$= 7\,654\,321^2 + 4 \times 1\,234\,567 \times 876\,543$

$= (\text{multiple } 8 + 1) + 4 \times \text{nombre impair}$.

C'est donc un nombre impair.

Pour que notre super-équation ait une racine entière, il faut que ce discriminant soit un carré parfait. Ce ne peut être celui d'un nombre pair. Ce serait donc un multiple de 8 augmenté de 1.

Donc, nous aurons :

multiple 8 + 1 = multiple 8 + 1 + 4 × nombre impair

ou : multiple 8 = 4 × nombre impair !

Cela est impossible.

Le discriminant ne pouvant être un carré parfait, il n'y a aucune solution entière à notre super équation !

SOLUTIONS T

1 – Un tas de zéros

Un zéro apparaîtra chaque fois qu'il y aura un multiple de 10, c'est-à-dire à la fois un multiple de 5 et un multiple de 2. Les multiples de 2 sont très nombreux, ceux de 5 le sont moins. Il y en a 200 jusqu'à 1 000.

Mais 40 d'entre eux sont des multiples de 25, c'est-à-dire de 5^2. Et 8 d'entre eux sont des multiples de 125 soit de 5^3. Il y a aussi $625 = 5^4$, soit un multiple de 5^4. Le nombre de zéros qui termine 1 000 ! est donc égal à $200 + 40 + 8 + 1 = 249$.

2 – Taxiphone parisien

Pour 10 coups de téléphone, chaque 1er chiffre correspondra à la touche 4. Les 7 autres chiffres se répartiront également entre les 10 touches.
En conclusion, la touche 4 recevra :

$$10 + 1 + 1 + 1 + 1 + 1 + 1 + 1 = 17 \text{ coups.}$$

Chaque autre touche recevra seulement 7 coups. La touche 4 est donc approximativement usée 2 fois et demie plus que les autres.

3 – Tempête au rocher de la Vierge

Soit x le prix d'un paquet de mouchoirs en papier, y le prix d'un chapeau, z le prix d'un parapluie, n le nombre de mouchoirs en papier par paquet.
Nous avons :

$$3x = y \quad (1)$$

$$z = 5n \quad (2)$$

$$2z = 5y \quad (3)$$

$$y = \frac{16n}{x} \quad (4)$$

L'équation (2) donne $n = \frac{z}{5}$,

l'équation (3) donne $z = \frac{5y}{2}$.

Donc $n = \frac{y}{2}$. Dans l'équation (4), remplaçons n par $\frac{y}{2}$, nous avons :

$y = \frac{16}{x} \times \frac{y}{2}$. Ce qui donne $x = 8$.

On en déduit :

$y = 3 \times 8 = 24$

$n = \frac{y}{2} = 12$.

Il y a donc 12 mouchoirs en papier par paquet.

4 – Thème anglais

Soit f le nombre de filles et g celui des garçons. Nous avons :

$$f + g = 35$$

et (total des points attribués) :

$$12f + 9{,}5g = 10{,}5 \times 35.$$

Il en résulte : $g = 21$ et $f = 14$.
Soit une différence de 7.

5 – Toi & moi

Soit x mon âge et y ton âge.

	Passé	Présent	Futur
Moi	y	x	$x + (x - y)$
Toi	$\frac{x}{2}$	y	x

Exprimons que la différence d'âges ne change pas entre le passé et le présent :

$$x - y = y - \frac{x}{2}$$

ou $$\frac{3x}{2} - 2y = 0 \qquad (1).$$

Exprimons que quand tu auras mon âge, nous aurons ensemble 108 ans :

$$x + (x - y) + x = 108$$

ou $$3x - y = 108 \qquad (2),$$

ce qui nous donne le système :

$$\begin{cases} 3x - 4y = 0 & (1) \\ 3x - \ \ y = 108 & (2). \end{cases}$$

La méthode par addition ou par substitution donne :

$$x = 48, \quad y = 36.$$

J'ai 48 ans, tu en as 36.

6 – Le tonneau

Soit U_n le nombre de façons de vider un tonneau de n litres avec 2 récipients de capacités respectives de 1 l et 2 l.

Un tonneau de n litres se videra ou bien en commençant par enlever 1 l (et il reste alors $n - 1$ l à vider), ou bien en commençant par enlever 2 l (et il reste alors $n - 2$ l à vider).

D'où la relation de récurrence :

$$U_n = U_{n-1} + U_{n-2}.$$

Ici, nous avons évidemment : $U_0 = 1$, $U_1 = 1$.

Il en résulte :

$U_2 = 2$,
$U_3 = 3$,
$U_4 = 5$,
$U_5 = 8$,
$U_6 = 13$.

7 – Toujours plus

Soit $S_n = 1 + 2 + ... + (n - 1) + n = \dfrac{n(n+1)}{2}$

Nous avons : $S_{n+1} = S_n + (n + 1)$
et ${S_{n+1}}^2 = {S_n}^2 + 2S_n (n + 1) + (n + 1)^2$

$$= {S_n}^2 + 2\,\frac{n(n+1)}{2}\,(n + 1) + (n + 1)^2$$

Donc ${S_{n+1}}^2 = {S_n}^2 + (n + 1)^3$

Ceci démontre, par récurrence, que, pour tout nombre entier n, nous avons :

$$1^3 + 2^3 + 3^3 + ... + n^3 = (1 + 2 + 3 + ... + n)^2.$$

L'augmentation de mes revenus a donc été nulle entre les mois de février et de mars, tout comme le calcul arithmétique élémentaire l'aurait prouvé.

8 – Un travail de Bénédictin

$1! = 1 = 1^2$
$1! + 2! = 3$
$1! + 2! + 3! = 9 = 3^2$
$1! + 2! + 3! + 4! = 33$
$1! + 2! + 3! + 4! + 5! = 153$
$1! + 2! + ... + 6! = 873$
etc...

Nous remarquons que toutes les factorielles à partir de 5! se terminent par 0 puisqu'elles ont en facteurs 2 et 5, donc 10.

Le dernier chiffre de toutes les sommes observées sera donc toujours 3 à partir du rang 4.

Or les carrés des 10 chiffres finissent respectivement par : 0, 1, 4, 9, 6, 5, 6, 9, 4 et 1. Donc il n'y a aucun carré de nombre entier qui finisse par 3.

Conclusion : $n = 1$ ou 3. Ce sont les 2 seules solutions à la question posée.

9 – Trop de 3 !

$$33^2 = 1 \quad 0 \quad 8 \quad 9$$

$$333^2 = 11 \quad 0 \quad 88 \quad 9$$

$$\underbrace{3333}_{\text{quatre 3}}{}^2 = \underbrace{111}_{\text{trois 1}} \quad 0 \quad \underbrace{888}_{\text{trois 8}} \quad 9$$

etc...

$$\underbrace{333\,333\,333^2}_{\text{neuf 3}} = \underbrace{11\,111\,111}_{\text{huit 1}} \quad 0 \quad \underbrace{88\,888\,888}_{\text{huit 8}} \quad 9$$

nota bene :
On prouve facilement par récurrence, la formule

$$\underbrace{(3...3)^2}_{n \text{ fois } 3} = \underbrace{11...1}_{(n-1) \text{ fois } 1} \quad 0 \quad \underbrace{88...8}_{(n-1) \text{ fois } 8} \quad 9$$

10 – Trouvez le « truc »

Soit d le chiffre des dizaines du nombre à élever au carré. Ce nombre peut ainsi s'écrire $10d \times 5$. Si on l'élève au carré, on obtient : $100d^2 + 100d + 25$.
Ce qui s'écrit encore : $100 \cdot d \cdot (d + 1) + 25$.
Par exemple $85^2 = (8 \times 9)\ 25 = 7\,225$.
Telle est l'explication du « truc » de Maurice.

SOLUTIONS U

1 – Undeutroikatsinksisse

Voici quelques possibilités :
$1 - 2 + (3 \times 4) = 5 + 6$; $1 - 2 + (3 \times 4) - 5 = 6$;
$1 + (2 \times 3) + 4 = 5 + 6$; $1 + (2 \times 3) + 4 - 5 = 6$;
$(1 : 2) \times 3 = (4 + 5) : 6$

SOLUTIONS V

1 – Veaux, vaches, cochons, poulets

Soit c le prix du cochon.
Prix d'un veau : $10/3 \cdot c$.
Prix d'une vache : $10/3 \cdot c + 4\,000$.
Prix d'un poulet : $5/3\,000 \cdot 10/3 \cdot c$.
D'où l'équation :

$$50/3 \cdot c + 20\,000 + 70/3 \cdot c + 9\,c + c/180 = 108\,210.$$

Donc : $c = 1\,800$.
Montant de la dot :

$$6\,000 + 10\,000 + 1\,800 + 10 = 17\,810 \text{ F}.$$

2 – Les vertus du chiffre 9

Nous remarquons d'abord que $9999^{999^{99^{9}}}$ est un nombre impair. Nous pouvons donc l'écrire $2k + 1$, k étant un nombre entier. N s'écrit alors :

$$99999^{2k+1} \text{ ou } 11111^{2k+1} \times 9^{2k+1}$$

ou $$11111^{2k+1} \times 81^{k} \times 9.$$

Or 11111^{2k+1} se termine par un 1, 81^{k} aussi, donc leur produit aussi. Et par conséquent, 9 fois leur produit se termine par 9. En résumé : N se termine par 9.

3 – Le village du club

Soit x et y les nombres d'heures de natation et de bridge à respecter quotidiennement.
Équation due aux disponibilités financières :

$$300x + 240y = 3\,720$$

Nombre de mécontents par beau temps

$$225 - 5 \times 2x$$

Et par mauvais temps : $134 - 3y$
D'où l'équation :

$$225 - 10x = 134 - 3y$$

Simplifions notre système de 2 équations :
$10x + 8y = 124$
$10x - 3y = 91$
Solution :
$x = 10$ et $y = 3$.
Je dois réserver 10 heures de natation et 3 heures de bridge, faisant toujours 125 mécontents.

4 – LES VŒUX DE MATHUSALEM

De 1 à 999, tous les chiffres ont été utilisés le même nombre de fois, sauf le 0 (111 fois de moins). Pour une raison analogue, de 1 000 à 1 999, tous les chiffres ont été cités le même nombre de fois, sauf le 1 (1 000 fois de plus). Mais nous ne considérons ici que la série interrompue à 1979. Il reste alors : 1980, 1981, 1982, etc... 1999. Dans cette nouvelle série, c'est le 9 qui apparaît le plus souvent (31 fois). Mais ce manque de 9 dans la série principale est beaucoup moins important que le manque de 0 observé dans les 1 000 premiers numéros.

0 est donc le chiffre écrit le moins souvent.

5 – VOYAGE À 7 AVEC ÉMILIE

Dépense totale par jour pour les 7, m étant la moyenne par jour :

$(281 \times 6) + (m + 119)$.

D'où l'équation :

$$m = \frac{(6 \times 281) + m + 119}{7}$$

Donc $m = \frac{1\,805}{6}$

Dépense totale d'Émilie :

$$((1\,805/6) + 119) \times 7 = 2\,938{,}83 \text{ francs}$$

3 000 F suffisent donc.

SOLUTIONS W-Z

1 – WEDDING IN HOSPITAL

Soit x l'âge du chirurgien (fiancé ou fiancée...).

Soit y l'âge de l'infirmier ou de l'infirmière.

Soit h l'âge de l'hôpital.

Les informations de la donnée se traduisent par les 2 équations suivantes :

$x - y = h$,

$x \cdot (yh - 1) = 1\,539 = 3^4 \cdot 19$.

On voit ainsi qu'il y a 4 solutions possibles pour x : 19, 27, 57, 81.
Qui correspondent à 4 solutions pour $(yh - 1)$: 81, 57, 27, 19 et à 4 solutions pour yh : 82, 58, 28 et 20.
Or (solution I) $82 = 2 \times 41$. Ce qui donne :

$$y = 41 \quad \text{et} \quad h = 2.$$

Et (solution II) $58 = 2 \times 29$. Ce qui donne :

$$y = 29 \quad \text{et} \quad h = 2.$$

Et (solution III) $28 = 2^2 \times 7$. Ce qui donne :

$$y = 28 \quad \text{et} \quad h = 1.$$

Et (solution IV) $20 = 2^2 \times 5$. Ce qui donne :

$$y = 20 \quad \text{et} \quad h = 1.$$

Nous avons obtenu ces 4 solutions en ne tenant compte que de la deuxième équation. Observons alors la première équation ($x - y = h$). Elle n'est vérifiée que pour une seule possibilité, la deuxième : le chirurgien (femme) a 27 ans, l'infirmier 29 et l'hôpital 2.

NUMÉROS

1 – Les 2 sœurs

Soit x l'âge de la sœur aînée.
Soit y l'âge de la cadette.
Nous avons les équations :

$$x = y + 4,$$
$$x^3 - y^3 = 988.$$

Il en résulte : $12y^2 + 48y + 64 = 988$.
Par conséquent :

$$y = 7,$$
$$x = 11.$$

2 – Les 3 générations

Soit x l'âge de mon fils. J'ai $7x$; mon père a $12x$. Âge total : $20x$ ou 100 ans. Donc $x = 5$.
J'ai 35 ans. Mon père en a 60. Il en avait 55 quand mon fils est né.

3 – 4 dont 2

Allons de gauche à droite. Nombre de façons de choisir le premier chiffre rencontré : 9 ; le deuxième : 9 aussi ; le troisième : 8.
Ce qui fait en tout $9 \times 9 \times 8 = 648$.

Nombre de façons de choisir l'emplacement du redoublement : $C_6^2 = 6$.

Il y a donc $6 \times 648 = 3\,888$ nombres à 4 chiffres avec un redoublement.

4 – 4 PETITS GOURMANDS

Soit g le nombre de chewing-gums, c celui des coquillages et b le nombre de bonbons de chaque paquet. Il y a 20 gourmandises par paquet et 4 paquets coûtent 80 F :

$$\begin{cases} g + c + b = 20 & (1) \\ g + 16c + 2b = 80. & (2) \end{cases}$$

Retranchons la relation (1) de la relation (2) membre par membre.
Nous avons : $15c + b = 60$ (3).
Examinons cette relation (3) et écrivons-la sous la forme : $b = 60 - 15c$.
c ne peut prendre que les valeurs 1, 2 ou 3. Mais la relation (1) montre que b ne peut dépasser 20.
Ce qui donne : $c = 3$ et $b = 15$.
D'où : $g = 2$.
Chaque paquet contient donc 2 chewing-gums, 3 coquillages et 15 bonbons.

5 – 5 MYSTÉRIEUSES INCONNUES

Notre système s'écrit :

$$\begin{aligned} xy &= 1 \\ 2 &= yz \\ zt &= 3 \\ 4 &= tu \\ ux &= 6. \end{aligned}$$

Multiplions les membres de gauche entre eux, puis faisons de même pour les membres de droite. Nous avons : $8x^2yztu = 18\ yztu$

$$x^2 = \frac{9}{4} \text{ donc } x = \frac{3}{2}$$

On en déduit :

$$\begin{aligned} y &= \frac{2}{3} \\ z &= 3 \\ t &= 1 \\ u &= 4 \end{aligned}$$

6 – Les 5 nombres

Soit n le nombre du milieu de la suite. Nous avons l'équation :

$$(n + 1)^2 + (n + 2)^2 = n^2 + (n - 1)^2 + (n - 2)^2.$$

Développons et simplifions :

$$n(n - 12) = 0.$$

La seule solution acceptable est ainsi :

$$n = 12.$$

Les 5 nombres entiers consécutifs sont : 10-11-12-13-14.

7 – Les 9 cases

9	–	5	=	4
				×
6	:	3	=	2
				=
7	+	1	=	8

8 – Le 14 Juillet

Soit s le nombre de soldats et b celui des bâtiments. Nous avons :

$$s = b + 3b^2 + 2b^3 = b\,(b + 1)\,(2b + 1).$$

Il est clair que $b\,(b + 1)$ est divisible par 2 quel que soit b.
D'autre part, si b est un multiple de 3, s l'est aussi.
Si b est un multiple de 3 plus 1, $2b + 1$ est un multiple de 3.
Si b est un multiple de 3 plus 2, $b + 1$ est un multiple de 3.
s est donc un multiple de 3 et un multiple de 2, quel que soit b.
C'est donc un multiple de 6 : la décision du général doit donc être de faire défiler ses soldats par rangées de 6 et non de 7.

9 – De 1968 à 1978

Soit n un entier quelconque. Le dernier chiffre de 7^n est l'un des nombres 7, 9, 3 ou 1. Si n est un multiple de 4, ce dernier chiffre est 1. En effet :

$$7^{4k} = (7^4)^k = (49^2)^k = (2\,401)^k.$$

Le dernier chiffre de 3^n est l'un des nombres 3, 9, 7 ou 1. Si n est un multiple de 4^n ce dernier chiffre est 1. En effet :

$$3^{4k} = (3^4)^k = (81)^k.$$

Il est clair d'autre part que 1 968 et 68 sont des multiples de 4·1 968$^{1\,978}$ et 68^{78} le sont donc également. Chacune des 2 parties du numérateur se termine par conséquent par le chiffre 1. Leur différence se termine donc par 0. Le numérateur est ainsi un multiple de 10 : N est un nombre entier.

10 – 1980

La n-ième ligne comporte les entiers compris entre $(n-1)^2+1$ et n^2. Son terme médian est n^2-n+1. Ici nous avons : $44^2 < 1\,980 < 45^2$.
Le premier élément de la ligne de 1 980 est donc 1 937. Le dernier est 2 025. Le terme médian est 1 981. 1 980 est donc situé sur la première colonne à gauche de la colonne centrale. Son premier élément est 2.

11 – 12345678987654321

Carré de 1 : 1
Carré de 11 : 121
Carré de 111 : 12321
Carré de 1111 : 1234321
etc...
Carré de 111111111 : 12345678987654321.
Donc :

$$\sqrt{12345678987654321} = 111111111$$

Imprimerie GAUTHIER-VILLARS, Paris
Dépôt légal, Imprimeur, n° 4609
Dépôt légal : avril 1996
Imprimé en France